人生を変えた10行の手紙

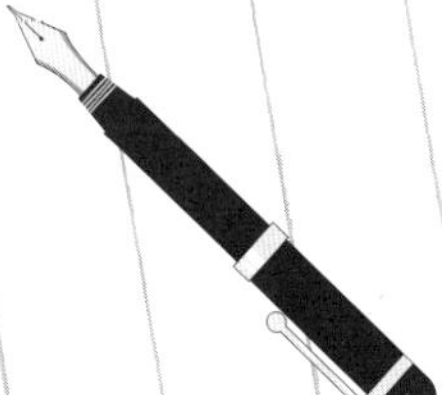

村山順子

まえがき

数ある本の中から、この本を手にとってくださり、ありがとうございます。あなたが手にとってくださったのは、何か「手紙」に惹かれるものがあったからでしょうか。嬉しいです！

実は、私が今、活き活きと笑顔で生きていけるのは、亡き夫からの手紙のお陰です。1996年10月の朝、広島へ出張に出かけた夫が、出張先で倒れ急逝しました。52歳になったばかりでした。何カ月も鬱状態のままいました。

そんな私を明るい光の中に連れ出してくれ、生きる勇気を与えてくれたのは、夫が私の誕生日に書いてくれた10行ほどの手紙でした。手紙の持つ力の大きさを体験した私は、私にできる社会へのお役立ちは、「手紙」だと思いました。

2004年から「大切な人に手紙を書こう」という体験型の手紙のセミナーを続けています。実際に手紙を書くセミナーですので、参加者は毎回10～30名ほどの人数です。昨年、古希を迎えた私は、多くの方々に手紙の素晴らしさ、大切さをお伝えしたいと、依頼があれば全国どこにでも飛んでいきます。しかし、出会える方は限られています。また、いつまで元気で活動できるか、明日のことは誰にも分かりません。

そこで、本という形にすれば、いつでもどこでも読んでいただけて、手紙を書かれる方が増えてほしいと思い、自分を励ましながら、この本を書かせていただきました。

大切な方に、また心にわだかまりのある方に、勇気を出して書いた手紙が、人生を大きく変え、関係をつなぎ直すことができたというセミナー参加者が大勢いらっしゃいます。実は、私もその一人です。気づいたこと、感動したこと、励ましたいことに出合ったときは、すぐに行動する。私の場合は、行動のほとんどが手書きの「手紙」でした。

その手紙が、想像もしなかった広い世界、思いがけない出会いにつないでくれています。誰でも、「相手を思う気持ち」さえあれば書ける手紙を通して、優しい人と人との絆を深め、より豊かな人生に、つながるきっかけになれば幸いです。

２０１８年１月吉日

村山順子

目次

プロローグ

「ちょっと寒いね」が最後の言葉

兵庫県公立学校の、先生方のお世話をする会社に勤務していた夫は、1996年10月28日、役員研修で広島への出張の朝「今日はちょっと寒いね」と話しながら出かけました。寒くないのにと思いましたが、それが夫の最後の言葉になるとは知る由もありません。

その夜ニュージーランドの長男から、渡航後初めての電話がありました。「お父さんいる？　代わって！」

「広島に出張に行ったよ。せっかくだったのに残念ね」と電話を切りました。切った途端にまた電話。長男が何か言い忘れたのかと思い、軽い気持ちで電話に出ました。

すると「奥さん、村山さんが倒れました。すぐに広島に来てください！」。時計を見ると午後9時過ぎ、もう新幹線はありません。何とか行こうと用意をしているとまた電話です。

「奥さん、村山さんが亡くなりました。広島の病院に急ぎ来てください！」。何が何だか分かりませんが、とにかく行かなくては！　と、家にいる三男と、長女、そして夫の従兄弟と4人、タクシーで夜中、広島の病院に向かいました。神戸から広島まで4時間、車中は誰れ一人言葉はなく。病院に着きました。

やはり夫は亡くなっていました。52歳と10日、心筋梗塞でした。

「あなたの一番大事な日に、そばにいてあげられなくて、ごめんなさい！　すぐに家に帰りましょうね！」と、亡くなった夫の頬を撫でながら話しました。


前日の27日、結婚25周年を迎える話をした矢先でした。

立派に見送ることが、夫のために私ができる最後のことだと、今、思い出しても不思議なくらい、凜としていたように思います。

村山の両親を見送った葬儀会社に電話をし、事情を話して手配を終え、迎える自宅の用意を勤務していた会社の社長にお願いしました。自宅の鍵はどうしたのか、どうしてわが家へ入っていけたのか今思い出しても分かりません。

公務上での死亡ということで、会社の協力もあり、立派に夫を見送ることができました。お別れの言葉は今もはっきり覚えています。

「尊敬するあなたとの25年、幸せでした。良き父親であり、良き夫でした。ありがとうございました」と、万感の思いで送りました。

その後、私は鬱状態になりました。夫の倒れた姿を見ていない私は、夫の突然の死を受け入れられませんでした。明るかった私から笑顔が消え、暗闇の、色のない世界に閉じこもってしまいました。人に会いたくない。家から出たくない。誰かに声をかけられると涙が止まらない。毎日黒い服ばかり着て、顔も洗いたくない、料理も作りたくない！　だけど子どもたちに食べさせなければならないから仕方なく市場へ買い物に。知った人の姿が見えると、用もないのにお店に入り、隠れてやり過ごし、人目を避ける暮らしが続きました。

４人の子どもたちは全員学生。長男は大学を1年休学して、ニュージーランドでワーキングホリデー、次男は父親の応援で高校卒業と同時にアメリカの大学へ留学。三男は浪人生、長女は高校1年生になっていました。

「子どもたちを頼む」は分かるけど、他に何か、何か私に言いたかったことがあったでしょう。夫の言いたかった言葉を考える日々が続きました。

10行の短い手紙に励まされ

「何か言いたかったの？」と、亡き夫の心を尋ね、彷徨《さまよ》う日々でした。

すると、あったのです！

思い出したのです。

亡き夫からの最後の「ラブレター」であり「遺言」を！

気が動転して、そのことすら思い出せなくなっていたのでした。

私たち夫婦、家族は、お互いの誕生日、結婚記念日、子どもたちの卒業、入学などの記念日には、ちょっとしたプレゼントと一緒に、手紙が行き来していました。亡くなる約１カ月前の私の誕生日に、夫から電話がありました。

「順さん、今日は出てこないか！」との嬉しい電話が。私はお洒落して夫のもとへ。夫はニコニコして「順さん、その服よく似合うね」と褒めてくれました。

夫はお酒が大好きで、神戸の東門街という盛り場に行きつけのお店が何軒かありました。お店のオーナーに、嬉しそうに私を紹介しながら、３軒もハシゴをして帰った後、夜中に書いてくれた10行ほどの短い手紙。


順子さん、49回目の誕生日おめでとう！

いつも活き活きしている順子が大好きだ！

いろいろ言いますが、己の信じる道を歩んでほしい。

そのためにもバイクの運転と事故には十分気をつけてね。

今日はつきあってくれてありがとう！
本音は、そんな順さんを見せびらかして
歩きたい気持ちの表れだと思ってほしい。
これからもお互いに身体に気をつけて、
信頼しあって年を重ねていこう。

誕生日に際して　勝保

右肩上がりの力強い筆跡で書かれていました。

几帳面な夫でしたから、これまで貰った手紙では字を間違えたことはありませんでしたが、その手紙は3カ所ほどボールペンでクチュクチュと、字を丸め書き直していました。

酔いが少しまわっているなか、どんな気持ちで私に書いてくれたのだろう！

今の鬱状態の私を見て、活き活きしているって言ってくれるだろうか？

見せびらかして歩きたいって言ってくれるだろうか……。

長かった指、右手中指にあった薄いホクロ、行間から、夫の息遣いが聞こえるようで涙があふれ、字が霞んで見えました。その手紙に、生きる勇気と、希望を貰い、私は立ち上がることができました。ですが、電車の中で同世代の夫婦連れを見ては涙、また、男の人の革靴が見られませんでした。もう二度と夫の靴を磨くことができない！　あの日、靴を磨くとき「必ず家に連れて帰ってきてね」と靴に頼めば良かった。

いつもサッサと磨き、「行ってらっしゃい！」と見送っていたけれど、もっと心を込めて磨けば良かった。見送れば良かったと、後悔で胸を掻きむしられる思いでした。

映画にも2人でよく出かけました。もう二度と映画は観られないと思っていましたが、一人でも行けるようになろうと、挑戦しました。しかし、どこを見ても夫婦連れのように見え、映画を観るどころではなく、泣き泣き帰ることが何度あったでしょう。

夫の死が教えてくれたこと

今の私を見て、活き活きしているって言ってくれるだろうか。見せびらかしたいって言ってくれるだろうかと、その手紙に支えられ、力を貰い立ち上がる！　そんなことを繰り返していました。そしていつの間にか、私の中にいつも、夫が居てくれるようになりました。私が喜べば夫も喜ぶ、悲しめば夫も悲しむと、思えるようになりました。〝日にち薬〟は本当でした。突然の夫との別れは、私に2つの大きなことを教えてくれました。

「いつ終わるかもしれない限りある命であるということ」

「後ではないよ、今、したいことはすぐにしよう」ということです。

朝、出かけて夜には亡くなる。人の命の儚《はかな》さを思いました。夫は、退職の先生方の団長として、よく外国旅行に行っていました。

「カナダ、アラスカ、中国の桂林も美しいよ！」。5月、花が大好きな私を連れてオランダに行く約束をしてくれていましたが、みんな、定年になってからの約束でした。52歳で亡くなった夫は、心ならずも何一つ果たすことなく逝ってしまいました。ですから私には、「後で！」はありません。

よく講演させていただきますが、そのときに必ずお伝えすることは、「夫婦喧嘩されますか？　する相手がいらして良いですね（笑）。でもね、寝る前には必ず仲直りをしてお互いに良い夢を見られるようにしてくださいね。明日が必ず迎えられるという保証は、誰にもないのですから」……と。

また、若いお母さんたちには、「子どもさんを叱った後は必ず大好きだよってギュッと抱きしめてね　子どもが安心して眠れるように」とお伝えしています。

「後ではないよ。気づいたら、思ったら、すぐに行動する！」

このことは夫が命をかけて教えてくれたことです。

1章

13歳で故郷から神戸へ

時間が静かに流れる沖永良部島

私の故郷は、鹿児島県の沖永良部島《おきのえらぶじま》です。奄美群島の南西部に位置する島、どちらかというと沖縄県に近い島です。人口は1万4000人ぐらい、島の周囲は約60㎞、青い空、青い海、穏やかで優しい人たち、サンゴ礁が隆起してできた島で、時間は静かにゆったり流れています。

歴史的には西郷隆盛が薩摩藩の島津久光公の逆鱗にふれ、過酷な島流しにされたのがこの沖永良部島です。4畳ほどの陋屋《ろうおく》に閉じ込められ、日に日に衰弱していく西郷さんを見て、「このままでは死んでしまう！」と心配した島の青年やその親たちが、その陋屋を覆うような大きな家を建てて手厚く看護し、西郷さんは元気を取り戻しました。

元気になった西郷さんは陋屋の中から、島の青年たちに、江戸時代の儒学者佐藤一斎の「言志四録」を教え、人としてのあり方、生き方、また飢饉に備えて蓄えることなども教え、沖永良部島は教育熱心な島になったと聞いています。西郷さんの「敬天愛人」の思想も、沖永良部島での体験がもとになったとも言われています。

2018年、NHKの大河ドラマ『西郷《せご》どん』は西郷隆盛が主人公ですが、沖永良部島では親しみを込めて、「さいごうさん」と呼んでいました。また、花の栽培が盛

写真左から三女・由紀子、母 ツヤ、弟・修一、四女・若子、次女・道子

んなので、「花の島」とも言われています。

中学三年生は神戸で

実家の祖父も伯父も医者をしていました。伯父叔母も早くに鹿児島や熊本の学校に行くために島を出ていったそうです。これを田舎では内地留学と言っていました。そんな家の流れがあり、5人きょうだいの長女の私は、中学三年生の春休み、13歳のとき勉強のために父の妹夫婦のもとで下宿生活をすることになりました。

生まれて初めてはしけ（本船と波止場を行き来して、乗客や荷物を乗せる小舟）に乗り、桟橋を離れるとき、ハンカチで顔を覆う若い母の姿を今も覚えています。中学を卒業し集団就職をする先輩たちと一緒に、沖で大きな船に乗り換え、鹿児島で先輩たちとわかれ、汽車に乗り換えて一人で神戸に出てきました。

女の子を一人で島から送り出す親の気持ちを考えると、どれほどの思いだったのか……。子どもの将来を思う、親の計り知れない大きな愛情、自分も親になった今、改めて深い感謝の思いが湧いてきます。

その当時の家庭の経済状況はというと、現金収入が少なく、母がやりくりに苦労していたころでした。

往診中の祖父の急死

医者をしていた祖父が生きていたころは裕福で、看護師さん、お手伝いさん、子守りさんたちが何人もいる家だったのですが、青年の運転する車で往診中、脱輪事故で車の下敷きになり、祖父は亡くなってしまいました。私が4歳のころのことです。

私は、大好きな祖父の往診にはいつもついて行っていたそうです。ですが、事故の起こったその日だけは、祖父は頑として私を連れていかないと言って回転式の診察椅子に帯でくくり、私の大好きな飲み物を置いて往診に出かけました。私の子守りのためにいつも看護師さんも一緒に行っていましたが、その日は看護師さんも行かなくてすみ、2人とも事故を免れることができました。

祖父が目の中に入れても痛くないほど可愛がっていた初孫の私を初めて椅子に縛って、置いていってくれたお陰で今があります。何か感じることがあったのだと思います。生かされている命を思います。

祖父は、虫の息の中で「仲良く暮らせ！　責めてはならぬ」と言い遺し亡くなり、遺された家族はそれを守ったそうです。祖父亡き後は、多くの財産をその時々で処分したり、貸家を建てたり、土地を貸したりしていました。母は、現金収入を得るために、広い家を利用して先生方の下宿を始めました。

父と母

父は生まれつき耳が聞こえませんでした。祖父の病院で看護師として働いていた祖母が、父を妊娠中に風疹にかかったのではないかと話していました。4人兄弟の中で父だけが耳が聞こえなかったため、不憫《ふびん》に思ったのだと思います。祖父母や、周りの人たちは父を甘やかし、いろいろなものを買い与え贅沢な中で育ったそうです。父と遊ぶ友達にも父が仲間はずれにならないように、鹿児島のデパートから取り寄せて、高価なものをプレゼントしていたそうです。親心の悲しさを思います。

父も他の兄弟と同様、鹿児島に出て教育を受けました。手先が器用な父でした。家具を作る技術もそこで身につけたのだと思います。祖父は、坊ちゃん育ちの父の結婚相手は、大勢の兄弟の中で揉まれたしっかりした真ん中の子を嫁にと考えていたそうです。

祖父と、母の父は友達同士でしたから、10人兄弟の5番目、ちょうど祖父理想の真ん中の娘だった母をぜひ！と、決めていたそうです。親同士の決めた結婚のために、東京にいた母は呼び戻され、何も分からないまま、お下げ髪姿で18歳のとき、泣きながら嫁ぎ、私を産んでくれたそうです。

母の気持ちを思うと悲しくなりますが、そんななかでも子どもを授かり、みんなが私を可愛がり喜んでくれて、嬉しかったそうです。父は、とてもハンサムで、優しく人を疑うことを知らないピュアな心を持っていました。お洒落で、身につけるものは高級品ばかり。絵も字も上手。カメラも釣りも好きで腕前もプロ級、道具も一流品を次々と買い、金銭感覚に乏しく母は苦労したそうです。ですが、子どものように好きなことに夢中になる純粋な父が私は大好きでした。

朝、小学校に行く前には必ず小刀できれいに鉛筆を削ってくれ、とても書きやすかったことを今も覚えています。

父は家具職人としていい腕を持ち、立派なタンスを作っていました。父のタンスは嫁入り道具として人気がありました。私たち娘の嫁入り家具一式も持たせてくれました。何十年経っても一分の狂いもないと評判でした。材木も、機械も一流品を使い採算度外視の家具作りは、お客さんは大喜びですが、経済的には母を苦しめたようです。

そんななかでも「子どもの教育が大事、教育には時がある！」と言って長女の私を神戸に送り出してくれました。

神戸で叔母夫婦と

子どものいない叔母夫婦の家での暮らしが始まりました。

田舎にいるときは母の隣で寝ていた甘えん坊の私、ハンカチ一枚自分で洗ったことのない私が、手が痺《しび》れるような冷たい水で洗濯をするとき、「親元を離れてきたのだな～」と、実感し涙しながら、「これからは自分のことは自分でしなければならないんだ！」と覚悟しました。そして母が口癖のように、「身につけた教育は、生きている限り必ず役に立つから、なくなるものではない、一生の宝だからね」と話してくれたことを、思い出していました。
勉強のために神戸に出てきた私は、しっかり勉強して公立高校に入学するつもりでしたが、転校してすぐの受験は悲しいことに不合格でした。やむを得ず、私学の武庫川学院高校に入学することになりました。
高い授業料を現金収入の少ない田舎から毎月の仕送りをしてもらうのは、本当に申しわけないと思いました。そんななかで、「せめて卒業のときに優等賞をとって、親に喜んでもらおう！」と、懸命に勉強し、それは実現しました。

話は変わりますが、今、私は武庫川学院の同窓会の役員をさせていただいています。真面目一点張りで服装の違反、学校帰りの寄り道など、考えたことも、したこともない私は、他の同窓生たちと学生時代の話が噛みあわないことが多いのです。多感な時代、今から思うともっといろいろな経験をし、友情を深め遊んだりしたら良かったのかもしれませんが、そんなことを全く考えたこともなく、勉強一途な高校時代でした。

大学進学のとき、親は祖父たちが医者でしたので、薬学部に行くことを勧めてくれました。私は、生まれて初めて親の勧めに従いませんでした。

私の下に4人の妹弟たちがいます。私一人のために沢山のお金を使わせるわけにはいかないと思ったからです。私は、早く社会に出られるように、2年制の短期大学に進みました。私の授業を受ける席は、最前列の教授のすぐ目の前でした。ある時、教授に「弘野（旧姓）さんの目が怖い！」と言って笑われたこともあります。

それだけ真剣だったのだと思います。そして短大で取れる最高の単位、成績、資格を取り、仕送りしてくれる親に応えたいと思いました。夏休み、冬休み返上で、集中講義を受けたお陰で小学校教諭の資格をいただきました。司書教諭、中学校の国語教諭もいただき、自分で約束したことはすべて実現しました。教員免許をいただいたのですが、教師になる気持ちはありませんでした。

当時、私には憧れている仕事がありました。「兼高かおる世界の旅」という大好きなテレビ番組があり、兼高かおるさんのように、世界の著名人にインタビューして回る仕事につきたいと思っていました。大阪の大手新聞社を受験。一次試験は通りましたので、二次試験の論文と面接は大丈夫だと思っていたが落ちてしまいました。女性は全員不合格でした。他に就職試験を受けていなかったので、卒業時にはまだ就職先が決まっていませんでした。（今思うとなんという甘さ！と思いますが、そのお陰で教師になることができました）

振り返ってみると、高校受験に失敗、就職試験に失敗。挫折の連続のようでしたが、引きずることはなく、すぐに気持ちを切り替えて進める私だったようです。

今、気づく弟のこと

4人の姉たちの後に生まれ、医者をしていた祖父の跡を継ぐ子どもとして周囲の期待を一身に受けていた弟は、小学5年生に上がる10歳の春休み、勉強のため沖永良部島から祖母と一緒に神戸へ。祖母が体調を崩し島へ帰郷してからは、教師をしていた私と妹、中学生の弟3人で暮らしていました。

妹と1日交代に食事当番をし、高校進学の三者面談には、私が両親に代わって学校に行きました。早くに親元を離れ寂しい思いも多かったはずですが、よく頑張ってきたと思いました。

弟が高校に入学すると同時に、私は結婚し、北九州市に行くことになりましたので、弟は尼崎市に引っ越していた叔母宅から神戸の高校に通学していました。その1年半後、私たち夫婦は主人の体調の具合で、生まれて2カ月の長男を連れて神戸にもどりました。義父が神戸の郊外に建ててくれた家で弟も、私たちと暮らすことになりました。高校に通うのも大変時間がかかりましたが、弟は不満も言わず、その時々の環境の中で勉強に励んでいました。私は家の近くにお店が一軒もない不便なところで、初めての子育てで必死でした。

高校2年生の多感な頃、弟はどのような気持ちでその時期を過ごしていたのだろうかと思うと、弟の気持ちを考えてみることすら、聞いてあげることすら気付かない、頼りない姉でしたが、そんな環境の中で、田舎の両親や周りの期待に応え、祖父の跡を継いで医者になった弟。「偉かったね！よくがんばったね！」と、心から褒めてあげたいと思いました。立派になった弟を見て、少し誇らしい気持ちになりました。

現在、弟は大学病院を退職し宮崎市で内科クリニックを開院して16年余りになります。髪に白いものが増えてきました。医師会ではそれなりの立場にあるようです。また沖永良部島で、寝たきりになりケアハウスにお世話になっていた母の経済的な事も一切弟が見てくれていました。弟に「ありがとうね！」と話すと「姉ちゃん、命には限りがあることだから悔いのないようにと思っている」と話していました。忙しい弟に代わって、優しい心遣いをしてくれる義妹にも感謝です。

母のケアハウスに毎日のように通ってくれていた沖永良部島の妹も、調子が悪くなり弟のいる宮崎市の病院に入院することになりました。

母も妹と一緒に故郷を離れ宮崎のケアハウスに入所しました。ケアハウスの担当医、母の主治医は弟です。

入院中の妹に頼まれ、沖永良部島の妹の部屋の片づけと、書類を取りに帰郷したとき、父の大事にしていた手紙の束の中から、丁寧な字の手紙や、ハガキがたくさん見つかりました。誰の字かな？と差出人の名前を見ると、なんと弟でした。

今まで見た事の無いような丁寧で綺麗な字で、書いてありました。少し読んでみました。そこには、仕送りが届いたことへのお礼と、勉強のことなどが丁寧に書いてありました。その手紙を父が亡くなるまで大事にとっておいたということも、胸が熱くなる思いでした。父は弟がクリニックを開院する直前逝ってしまいましたが、祖父母に弟の報告をしてくれていると思います。

13歳で故郷を離れて56年余り。今も両手を広げて私を待っていてくれると感じる故郷・沖永良部島です。

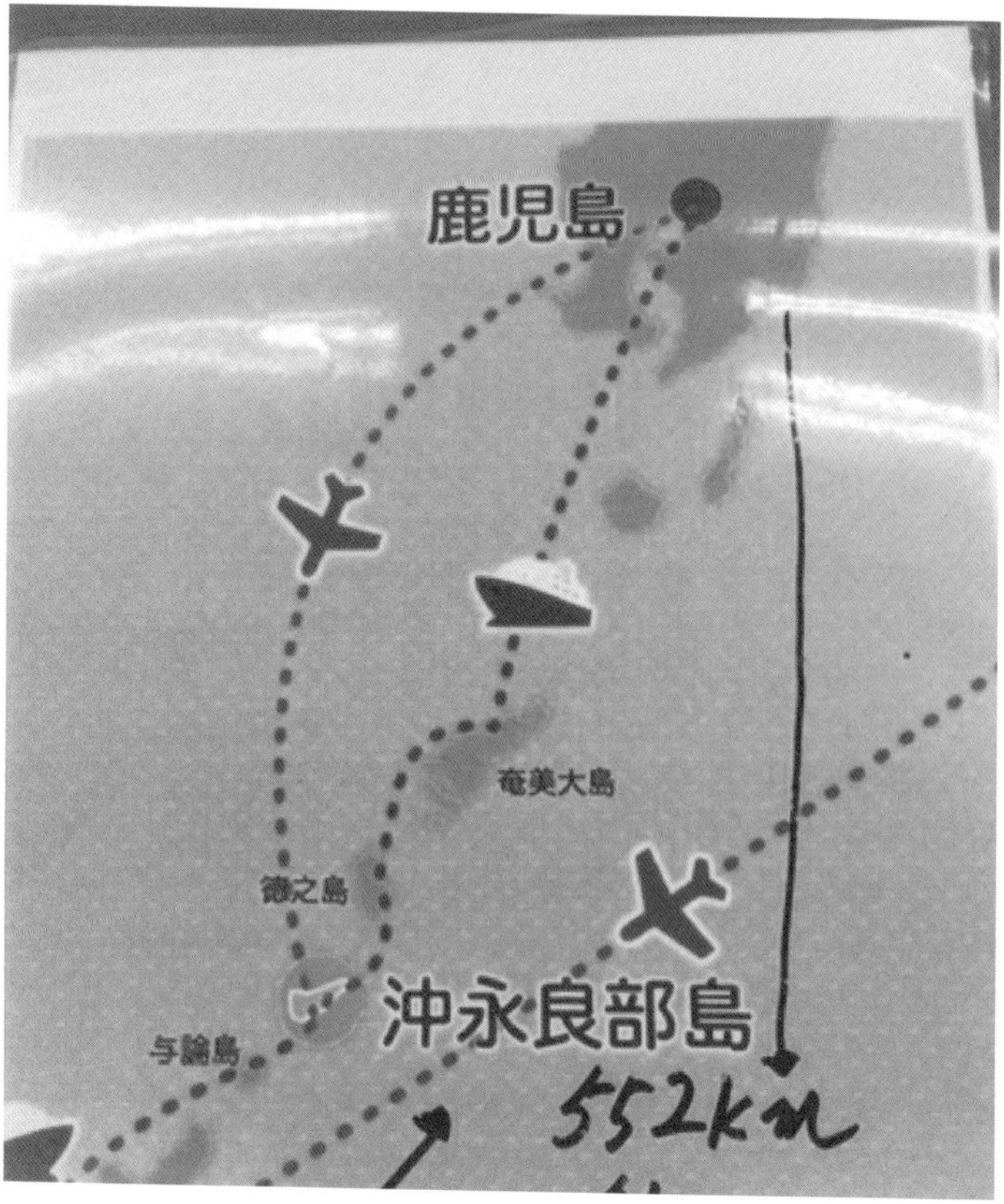
鹿児島
奄美大島
徳之島
沖永良部島
与論島
552km

2章

青春真っただ中の教師時代

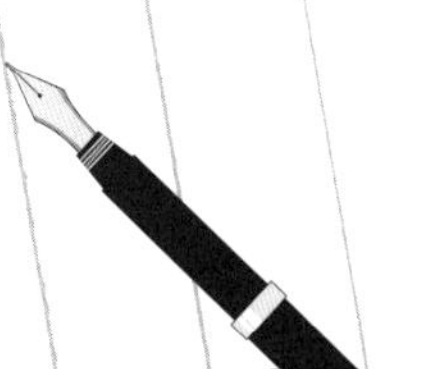

5年間の教師生活

小学校教師の資格が私を救ってくれました。尼崎市の小学校に勤務する叔父の勧めで、産休の裏付け（産休で休まれる先生の後を担任させていただく臨時の講師）として1966年4月、尼崎市の小学校2校に3カ月ずつ、勤務しながら採用試験を受けて合格することができました。翌年10月から本採用としてクラス担任をさせてもらうことになりました。20歳になったばかりの私は、自分の未熟さを思いました。

若い私が子どもたちの大切な1年間を預からせていただくのですから、親御さんも不安だろうなー。だったら他の先生方の何倍も努力して良い教師にならなければ子どもたちに申しわけないと思いました。

当時教室には鍵がかかっていましたので、放課後、先生方に鍵をお借りして各教室を見せてもらい、掲示物の貼り方、教室運営の仕方などを勉強する日々でした。私なりに工夫し教室運営に取り組みました。

当時、私の仕事に対する考え方は、精一杯全力で取り組むこと。いつ辞めてもいいくらいの覚悟と気持ちで、子どもたちといろいろチャレンジし、勉強し、全力投球でした。子どもたちの成長をひたすら願い行動していると、いつの間にかお母さん方の大応援団ができていました。

そんな私を見た校長先生や教頭先生から「弘野先生は将来の女性校長やね」と言われ続けていました。きっと適職だと思ってくださったのでしょうね。私も、子どもたちの成長が嬉しく、楽しく、生涯独身で子どもの教育に打ち込み、女性校長になるつもりでいました。

教師生活5年目、当時6年生を担任していました。打てば響く子どもたちでした。仲が良い6年3組は、音楽会でも運動会でも団結力を発揮して素晴らしい結果を出し、他の先生方からもいつも褒めていただく最高の子どもたちでした。保護者の方々も仲が良かったです。

体育の時間にソフトボールの試合をした時のこと、メンバーに入っていた私も、セーフになりたくて顔からベースに突っ込み、頬っぺたに大きな擦り傷が……。名誉の負傷をすることもしばしばでした。

毎日が楽しくて、学校に行って子どもたちに会えるのが嬉しくて、青春時代そのもの。今思い出しても胸がキュンとするような教師時代でした。

天職だと思っていました。

叔父の勧めで突然の見合い、そして結婚

そんな時、叔父から「順子、村山さんの息子さんと見合いをしなさい！　あの親の子なら間違いないから」と強く勧められました。

村山の父と叔父は友人で、村山の父はよく叔父の家に遊びに来ていましたので、中学3年生の頃からの私を知っていました。

見合いをするだけならいいだろうと、軽い気持ちで約束しました。

1970年、大阪で万博があった年の12月31日。北九州市の門司港にある会社で働いていた夫が、正月休みで帰ってくるからと、大晦日の夕方のお見合いでした。

夫の第一印象は「ジャガイモみたいな人」でした。決して格好良くはないけれど、誠実そうな人……というのが第一印象でした。

24歳当時の日記にこんなことが書いてありました。

「私は結婚をしないと思うが、万一結婚することがあるとしたら尊敬できる人と結婚したい。そんな人に出会うまで、自分の人格を磨きなさいっていうことだと思う」と。

お見合いの翌日、1月1日朝9時、突然夫が訪ねてきました。直立不動で、開

口一番「僕と結婚してください」と頭を下げました。

仕事中の夫

思いがけない夫の言葉です。出会って1日・24時間も経っていません。まだ結婚したくない私は、絶対に断りたくなるであろうと、「じゃじゃ馬ならしはできますか！」と、ニコリともせずに、挑戦的に言いました。

夫は、ニコッと笑って「お任せください」……と。

予想もしなかった夫の言葉に、思わず「お願いします」と頭を下げてしまいました。

「お任せください」

「お願いします」

この二言で結婚が決まり

ました。

勤務先の北九州の門司港に来てほしいと言われ、仕事に一途な私でしたが、教師を辞めて専業主婦になるようにと叔父に勧められ5年間勤務した学校を退職しました。

天職と思っていた教師を辞められたのも、「最高の子どもたちに出会えたこと」「全力で取り組んで悔いなし」の思いがあったからでした。

退職するとき、驚いたことが2つありました。

1つ目は、5年、6年と持ち上がりでしたので、2年分の運動会や音楽会、修学旅行など、写真や絵がいっぱいのアルバムを内緒で作ってくれたこと。また、保護者一人一人から私宛の手書きの手紙が、当時の世相、万博の様子、記念切手、流行した歌などを収めた世界に一つのアルバムを贈ってくれたことです。そのアルバムを開くと一瞬にその当時にタイムスリップします。

私の青春時代の宝物です。

2つ目は、思いがけない贈り物が、新居に届いていたことです。

新婚旅行は四国一周でした。北九州市門司港の新居に着くと、洗濯機が届いていてびっくりしました。アルバムを作ってくれた保護者の方々からでした。中に手紙が入っていました。「みんなで出し合って先生へのお祝いに洗濯機を贈ります。使ってくださいね。先生に出会えて子どもたちも、私たち親も嬉しい幸せな2年間でした。先生、ご主人さんとお幸せにお過ごしくださいますよう」と書かれていました。感激しました。洗濯機は、ありがたく使わせていただきました。

私のためにアルバムを、中心になってまとめてくださったお母さんは、私が手紙のセミナーを始めた当初、「何か手伝わせてください！」と、手伝ってくださいました。また、阪神・淡路大震災15年のメモリアル「いのりのとき」に私に亡き夫への「100文字メッセージ」を書くことを勧めてくださいました。そのお陰で、NHKの村上信夫アナウンサーとの出会いにつながり、東京のNHKのスタジオでの生放送で「手紙」の話をさせていただくことができました。きっかけは教え子のお母さんでした。また、教え子たちのコーラスや、演奏会にも時間が許す限り行かせてもらっています。彼女たちも講演会や手紙のセミナーに参加してくれています。

3章

幸せだった結婚生活

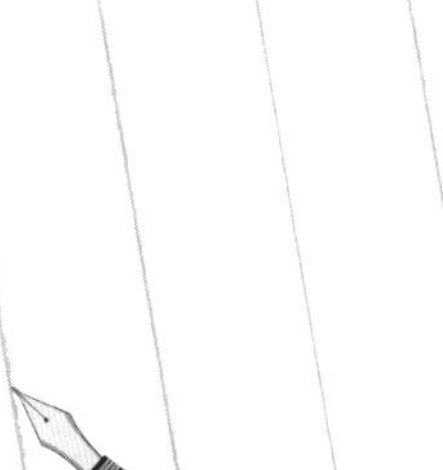

門司港での新婚時代

1971年3月31日、尼崎市の小学校を退職。

4月16日に神戸で挙式。

夫と会うのは、結婚式の日が4回目でした。

優しい夫との結婚生活は、夫の素晴らしい人間性を発見する日々でした。私の両親や兄弟を大事にしてくれ、誰も知り合いのいない門司港で、社宅に住む私を気遣ってくれました。庭に大きな白い山茶花《さざんか》の木がありました。夫の提案で毎月、「第2土曜日の夜」と決めて、2人で「山茶花会」を開いていました。夫婦会議です。

そこで決まったことは、「交換日記を書く」。

私が寂しい思いをしているのではないかと。思うことを何でも書くという約束でした。私は多くのページを使って書き、夫は短い文章でしたが、夜遅く帰ってきても必ず読んで、返事を書いてくれていました。

「何も持たないで来てほしい」とのことでしたので、毎月の「山茶花会」で「暑くなったから扇風機買おうね」「寒くなったから炬燵買おうね」ということも相談し、夫は、「少し高いけど長く大切に使える良い商品」を知り合いから求めていました。新婚時代の扇風機は数年前（40年以上）まで使っていました。

同郷の集まりに出席した2人

義父は、一人でも神戸から門司港のわが家を訪ねてくれました。

駅のホームで「順子ちゃん、勝保の給料は少ないからお金が足りないことがあるかと思うけど、絶対に実家の両親に話してはダメだよ。お父さんに言ってよね」と、私の手に何枚ものお札を押し込んで神戸への車中に。

お陰で、実家の両親にも、心配をかけないで済みました。

長男誕生と主人の体調悪化で神戸へ

夫の体調が悪くなり、1972年6月、長男が生まれた後、神戸に帰ることになりました。2カ月ほど静養した後、夫は兵庫県公立学校の先生方の福利厚生業務を担う県の外郭団体に勤務することになりました。

村山の父は、神戸市西区に持っていた広い土地に、私たちのために大きな家を建ててくれました。また初孫が生まれたのが嬉しくて、近所の方に長い孟宗竹を立ててもらい、10mの見事な鯉のぼりをあげてくれました。家も庭も広いけれど、病院やお店がなく不自由なので、4年ほど住んだ後、村山の両親の家の近くに、中古で家を求め引っ越すことになりました。

一人っ子の夫に4人の子どもが生まれ、村山の両親はとても喜んでくれました。特に4番目に初めての女の子が誕生したとき、義父は、病院中に聞こえるような大きな声で「万歳！　万歳！　万歳！」と身体中で喜んでくれました。4人とも待ち望まれて生まれてきた子どもたちです。

優しい夫、4人の子どもに恵まれ、幸せな暮らしでした。

時は流れ、優しかった義父を1984年に見送りました。どこへ行くのも父と一緒だった義母は、父の3回忌を終えると家の隅に膝を抱えてうずくまり、食事も摂れなくなりました。老人性鬱病と糖尿病でした。

私たちは歩いて2分のところに住んでいましたが、離れていてはお世話ができないので、1986年、両親の暮らしていた家で、私たち一家6人とのにぎやかな暮らしが始まりました。孫たちとの暮らしは、義母に笑顔を取り戻してくれましたが、家の中で骨折を繰り返し、とうとう寝たきりになりました。

私が出かけていて、母のオムツの心配をしながら帰ると、4年生の娘が替えてくれていました。随分後になって聞いたのですが3人の男の子たちもそれぞれ替えてくれたそうです。そんなことを一言も言いませんでした。

当時はまだ介護保険もなく、とうとう家でのお世話が難しくなり、施設にお願いすることになりました。今思い出しても、あれほど孫を可愛がり、私を実の娘のように可愛がってくれた義母を自宅で最後までお世話できず、申しわけない気持ちがよぎりました。1994年に見送りました。お義母さん、ごめんなさいね。

毎週日曜日に、夫は近くの素敵なカフェに私を連れ出し、2人でモーニングサービスをたのみました。母の介護をしている私への優しい心遣いでした。しばらくはそれぞれ新聞や本を読み、そのあと話すときはいつも、子どもたちが巣立った後、2人で楽しむ話ばかりでした。優しい夫に守られての暮らしでした。

夫婦って仲が良いのが当たり前で、他の家庭もみんな同じだと思っていました。「子どもたちに何を身につけさせてあげられたの？」と、聞かれたら何もありませんが、温かい家庭で育ってきたことはそれぞれが感じているようです。

4章

額に汗する仕事・パートで働く

専業主婦7名で起業

日本中の女性の中から私を選んでくれた夫、そして私たちを選んで生まれてきてくれた子どもたち。いい奥さん、いいお母さんになりたいと思い、子育ての勉強をするグループに入り学ぶうち、尊敬するリーダーがこんなことを提案しました。

「家の中で一番偉そうなのは、私たちじゃないかな？　主人は会社で磨かれ、子どもたちは学校で磨かれているでしょう！　額に汗する掃除の仕事を通して、自分たちの人柄を整えていかない？」

この話に共感した専業主婦7名で、1993年、起業しました。

リーダーが社長、後は全員パートで、全員掃除の仕事は初めてでした。

軌道に乗り始めていた会社も1995年1月の阪神・淡路大震災で、得意先が被災し、仕事がほとんどなくなりました。社長に喜んでもらうためにはどうしたら良いのだろうか？　を考える毎日でした。

みんな事務所に詰めてはいるのですが、待っていても仕事は来ません。

「このままでは倒産してしまう」と、思ったとき、「営業に出よう！」と決心しました。仕事の経験は、独身時代、小学校の教師を5年間しただけでした。ですが、どうしてもお仕事が欲しいと思い、「どうしたら良いのか、どうしたら」と考えるうち、「飛び込み営業に出よう！」と思いつきました。大手の管理会社の前を通るときに、なぜかこの会社に行ってみたいと思い、吸い込まれるようにその会社に入っていきました。

挨拶をし「お仕事をいただきたいと思い伺いました」と申し上げると、「紹介状はあるのかね」と言われ、私は「ありませんが、どうしても仕事をいただきたくて伺いました」。すると、「その度胸が気に入った！　会社概要を持ってきて」と言っていただけました。

社長に喜んでいただけると思い、嬉しくて急ぎ会社に帰りました。しかし、「会社概要持ってきて！　というようなややこしい会社は、断ってきて！」と。

残念な気がしましたが、社長に喜んでもらいたくて伺った会社ですので、素直に断りに伺いました。担当者は私を見つけると「会社概要は持ってきたかね」と。

私が「申しわけありませんが、お断りに伺いました」と申し上げると、担当者は烈火の如く怒り「失礼な奴！　とっとと帰れ！」私はドアから押し出されました。怒鳴られるのも、押し出されるのも、生まれて初めての経験でした。申しわけないと思い、覚悟して行きましたので、相手の方に追い返されるのも当たり前だと思いました。

悲しいとか、悔しい思いはありませんでした。社長の指示に従っただけで、自分の思いはなかったからだと思いますほどなく社長が私用で東京へ。仕事が全くありません。私はまた、どうしてもお仕事をいただきたくて、先日の会社に行きました。私を見つけると、担当者が飛び出してきて、「どんな顔をして来たのか！」と、詰め寄られました。

「申しわけありませんが、やはり仕事をいただきたくて伺いました」

担当者は私に「そこまで会社のことを思うか！　その心根がいじらしい！」と同情され、「もう一度、会社概要を持っておいで！」と言っていただけたので東京の社長に電話しました。

今度は、社長は飛んで帰ってきてくれ、「Ａ４」２枚の会社概要を作ってくれました。お届けすると、「これで良い」とのことで、大きな仕事が次々と入ってきて、会社は急成長！　仕事にスタッフが追いつかず、募集、募集の連続でした。

仕事の幅も広げ、リフォーム分野にも手をのばしました。しかし、「額に汗する仕事を通して自分たちの人柄を磨いていこう！」との思いで始めた仕事ですが、仕事の仕方が少しずつ変わってきました。仕事のミスが目立ち、「仕事をやり直すか、値引きしては？」と私が進言するも聞いてもらえないことも多く、悶々とすることが多くなりました。

5章

起業へ

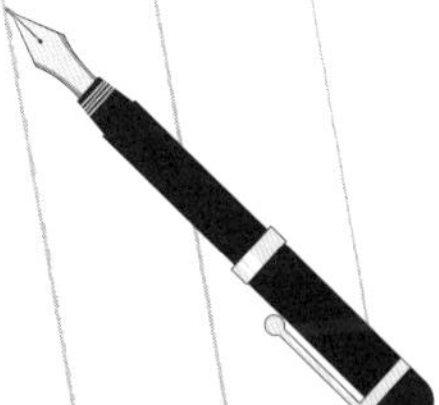

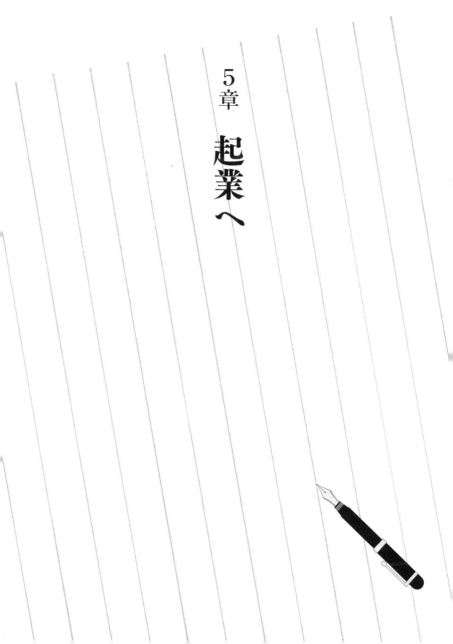

叶わなかった円満退社

夫が亡くなってからは、正社員として待遇面でも本当に良くしていただき、ナンバー2として仕事を任せてもらい、やり甲斐を感じてましたが、尊敬していた社長の仕事の仕方に、どうしてもついていけなくなりました。創業から全力で取り組んできた仕事です。会社も大きくなり、やり甲斐もありました。また、仕事を辞めるとなると、長年の社長との友人関係も失うことになります。

当時、長男は結婚していましたが、後の3人の子どもたちは皆学生でした。学費は夫の遺してくれたお金で何とかなると思い、子どもたちに相談しました。子どもたちは、「母さんは母さんの思うように生きてほしい！」と言ってくれました。悩みに悩みましたが、夫亡き後、2年8カ月後の1999年7月20日、とうとう辞めることに決めました。

社長に面と向かって、「大変お世話になりました。待遇面でも本当に良くしていただきありがとうございました。ですが、社長の仕事の仕方についていけなくなりました。申しわけないのですが、辞めさせていただきます」と申し上げました。そして「明日から私も働いて生きていかなければなりませんので、少し仕事を分けていただけませんか？」……とお願いしたのです。

今思うと、とんでもないことです。いつもの私には、そんなことは言えません。それだけ必死だったのだと思います。実は会社の仕事のほとんどは、私が会社の名刺でいただいたものでした。ただ、その中の1割ほどは、私の個人的なコネクションでいただいたものでしたから「少しは」と、お願いしてみました。

社長は「そんなん、あかんわ！」と言われました。当然のことです。私はすぐ「申しわけありません！」と部屋を出ようとしたところ、社長が「待って！　その仕事は、あなたがいなくなればなくなるところだから、良いよ！」と、小さなマンションの仕事をいくつか分けていただきました。ありがたかったです。

ただ、円満退社したかったのですが、それは叶いませんでした。

退社へと私を突き動かしたのは、亡き夫に恥じない、誠実な生き方をしたいという思いでした。子どもたちに残せるのは、親の懸命な生き方、後ろ姿だと思い1999年7月20日退社しました。

やむにやまれず自宅で起業

経営の勉強をしたこともない私の心に込み上げてきた思いがありました。

それがのちの経営理念となりました。

●お客様の立場に立ったサービスを提供すること
●誠実であること
●喜んで働かせていただくこと

この三点を心に置き1999年7月21日、52歳直前、一人自宅の一室で、掃除の仕事を始めました。自分の考えで仕事ができることが嬉しくて楽しくて喜んで働きました。

あるマンションの共用部分（エントランス、廊下、階段など）のお掃除をしているとき考えました。

もし私がこのマンションのオーナーだったらどうしてほしいだろうか？

……いつまでもマンションの資産価値が高く維持でき、いい入居者で満室であれば嬉しいだろうなぁ。

もし私が入居者だったら、

……エントランスにゴミが落ちておらず清潔で、花が植えられていたら嬉しいだろうなぁ

などと考えるとワクワクしてきて、オーナーさんに花の管理もすべてしますので……と提案しよう！　などと次々アイデアが湧き、楽しくてなりません。ふと背中に

視線を感じ振り向くと、年配の女性が立っていました。

私に「このマンションのオーナーさんですか？」と尋ねられましたので「いいえ、このマンションのお掃除をさせていただいている者です」とお答えすると、「背中から、やる気のオーラがすごく出ていましたよ！」と言われました。

嬉しかったです！　私にとって最高の褒め言葉です。

一人で始めた仕事ですが、私が仕事を始めたこと聞いた友人、知人が駆けつけて仕事仲間になってくれました。嬉しくてなりませんでした。

初めての給料日、一緒に働いてくださることがありがたくて、その方々宛の手紙を書いて給料袋に入れました。

当初は、便箋だったり一筆箋だったりと、不揃いの手紙でした。

書く内容は、最初と最後は同じですが、中

バス停や近隣の歩道をボランティアで定期的におそうじ。

間はその人だけに宛てた内容です。

今は、現社長（長男）が写真が好き、詩も好きなので、その月のメッセージカードを作ってくれており、私がそのカードに書いています。創業以来18年余り経つ今も続けています。

手紙は、今もスタッフ、お客様と会社をつないでくれています。

10カ月かけて取得した運転免許証

運転できるのは当たり前に思い免許証も取得しました。、その当時は気づきませんでしたが、運転免許証があったから起業できたのですね。

夫が元気だったころは助手席が私の定位置でした。まさか私が車の運転をすることになろうとは思いもよらぬことでした。

前の会社のとき、遠くまで見積もりに行く事が多くなりました。何とか自力でどこへでも見積もりに行き会社の役に立ちたい！との思いで、仕事をしながらの教習所通いを始めました。あんな大きな車をハンドル一つで動かすドライバーの方々を無条件で尊敬しました。

すごい！と思いました。

私にも運転免許証がいただけるかなと、ドキドキしながら通っていた教習所。予約しても仕事が入りキャンセルにすることもよくありました。

結局予定の期間内に免許がもらえないことになりました。教習所から「どうしますか？　仮免保有科なら延長できますが費用が必要です」とのこと。せっかく今まで頑張ってきたので、仮免保有科で続けることにしました。

50歳のときに10カ月50数万の授業料で、免許をいただくことができました。

まさか、起業するとは思ってもみなかったことですが、もし運転免許証がなければ起業はできませんでした。運転免許証取得は、今思うと起業のターニングポイントの一つでした。

会社のお役に立ちたいと思い取得した運転免許証が、自分を助けることになりました。諦めなくて良かったです！

6章 縁をつないでくれた手紙

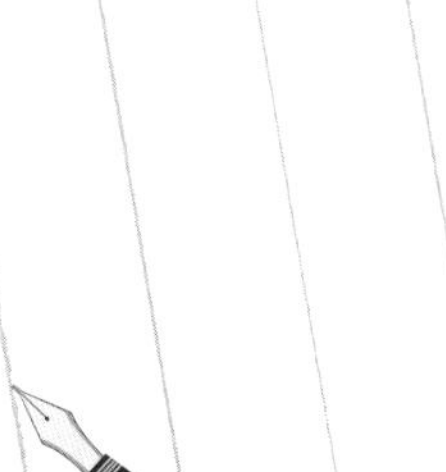

迷いから決意に

1999年7月21日、自宅の一室で、亡き夫に恥じない誠実な仕事を！　と思い、一人掃除の仕事を始めました。私が起業したと知った、夫の勤務していた会社の理事長から11月末に電話がありました。

「奥さん、お仕事を始められたとのこと。学校厚生会の指定店に応募してはどうですか？」とのお誘いでした。

指定店になると、会員である公立学校の現職退職の先生方（当時は約7万人）のご家庭に、依頼があれば、家事代行サービスでお掃除に伺えます。

創業して4カ月が過ぎたのに、まだ仕事量が少なく、本当は喉から手が出るぐらい嬉しいありがたいお話でした。

「喜んで！」と、一瞬思いましたが、いつもの「はい！」の言葉は出ませんでした。「ありがとうございます」と小さい声で答えるのが精一杯でした。理事長は「書類を送ってもらいますので、ご検討ください」とおっしゃってくださいました。

亡き夫は仕事のよくできる人でした。亡くなった後、会社に夫の荷物をいただきに伺いました。長男と私に、「お父さんは、人望も厚く、上司にも部下にも同じような接し方だった。お父さんの仕事は、3人がかりでも難しい」と、会社の方が話してくださったのを思い出しました。

創業4カ月の私の会社が指定店になって万一、仕事上のミスをしたら、夫の業績に傷をつけることになる！　恥をかかせることになると思うと、どうしても心が動きません。新婚のころから知っている友人が仕事を手伝ってくれており「順子さん、私は家事代行サービスの経験があるから大丈夫！　指定店に応募して！」と、何度も背中を押してくれました。ですが心が動きません。

応募書類の提出締め切りは1月10日でした。なかなか決断が下せなく、悶々とした気持ちで大晦日を迎えました。布団の中から何気なくテレビのスイッチを入れました。

１９９９年12月31日朝6時30分、当時、中小企業庁が『頑張る日本の社長さん』という番組を放送していました。

何気なくスイッチを入れたテレビ。見ようと思って見たわけではありませんが、その画面に釘付けになり、メモの用意をし、正座して見ていました。

そこには、銀行を辞められ、サービス業（清掃関係）を経営しておられる株式会社サイリスの長尾宏社長の会社の様子が紹介されていました。

一人が一つの仕事ではなく、多機能な仕事のできる人を育てる。そんな内容だったかと思いますが、なぜか、一瞬でこの社長さんに会いたいと思いました。相談してみたいと思い番組終了と共にすぐテレビ局に電話して住所と電話、ＦＡＸ番号などを教えていただきました。はやる気持ちを抑えることができず、ＦＡＸでは失礼かと思いましたが、手紙では年賀状と紛れて読んでもらえないと思い、今の私の状況や、悩んでいること、お会いしてアドバイスをいただきたいことなどを詳しく書きました。そして、元日だけは外し、「いつでも東京にお伺いしますのでお時間をいただきたいのですが」と、今思っても恥ずかしくなるようなことを切々と書き、ＦＡＸをしたのでした。

1月5日朝、長尾社長から、連絡があり「村山さん、いつでもいらっしゃい！」と言ってくださいました。1月7日に東京の会社に伺わせていただくお約束を頂戴しました。もう嬉しくて、嬉しくて、前泊して下見に行き、伺わせていただいたのを18年近く経った今でもはっきり覚えています。

長尾社長はＦＡＸで私の会社の経営状態をご存じなので、「今のままでは大変でしょう！　指定店登録の話は、亡くなったご主人さんが遺してくれた無形の財産だと思ってお受けして、大事に、大事に守り育てていきなさい」と優しいお言葉をかけてくださいました。涙があふれてなりませんでした。

「ありがとうございます。指定店に申し込みます！」と、すぐに神戸に帰り、急ぎ書類を揃え、締め切りに間に合わせることができました。もしかしたら、東京の長尾社長にお会いしに行かなくても、期限が来れば、申請書を提出していたかもしれません。

ですが、悩みに悩んで、東京までお聞きしに伺ったときの、「亡きご主人さんが遺してくれた無形の財産」の重み、ありがたさは、行かせてもらって初めて、気づかせてもらい、心の深いところに落ちてきました。亡き夫が見守ってくれているような気持ちです。

今、株式会社サイリスは、上場企業になっています。

長尾社長、ありがとうございました。

出会いのきっかけは一通の手紙（ＦＡＸ）でした。

今も、年賀状の行き来はありますが、またお会いしたい長尾社長です。

雑誌『いきいき』に応援され

私は創刊間もないころから〝50代からの生き方・暮らし方応援雑誌〟『いきいき』（現在は『ハルメク』と書名変更）の読者でした。

『いきいき』は１０５歳で２０１７年７月に亡くなられた聖路加国際病院の名誉院長、日野原重明先生の「生き方上手」が、ずっと掲載されていた定期購読の月刊誌です。

2001年12月号だったと思います。巻末の読者欄に〝アンド・ユー〟というコーナーがありました。その号にはなぜか〝大切な主人が亡くなって、どうやって生きていけば良いのか分からない！〟という、悲しい手紙が3通も載っていました。

こんなことは、私の記憶する限り、初めてのことでした。思わず私は、「大変でしたね。辛いよね。私も出張先で突然、夫を見送り鬱状態になったけど、今、自宅で掃除の仕事を始めているよ。少しずつでいいから頑張りましょう！」とFAXしていました。

当時、私も現場に入っており、マンションの廊下の掃除をしているときに電話が鳴りました。

『いきいき』の、〝アンド・ユー〟の担当者でした。

「村山さん、FAXありがとうございます！　お仕事のことをもっと詳しく書いて送ってくれませんか？」とのことでした。「ハイ！　承知しました」と何も思わずに、なぜ起業したのか、どんな仕事をしているのか、を詳しく書いてFAXしました。

ほどなく、また電話がありました。今度は編集部からでした。

「村山さん、取材に行かせてください！」と言われたのですが、すぐにお断りしました。なぜかといえば『いきいき』は、定期購読者数の多い雑誌で、著名な方々が載っていることを、読者の私はよく知っていましたので、こう申し上げました。「一人でお掃除の仕事を、自宅の一室で立ち上げただけですので、取材には値しません」。すると、編集部の方は、「村山さんが、52歳直前、一人、自宅の一室で、身の丈に合った仕事をしているということは、多くの女性に、夢と、希望と、勇気を与えます。ぜひ、取材に行かせてください！」。

私の気持ちが180度変わるのは、「誰かのお役に立つ」と言われたときです。「私でもお役に立てるのですか？　それでしたら、どうぞよろしくお願いいたします」。ということで、神戸の自宅まで取材に来ていただくことになりました。

①起業のいきさつ、

②仕事の内容、

③起業するときにどれだけの資金が必要だったか、

④どのような方々が利用されているか。

など詳しく聞いてくださり、スタッフの写真、亡き夫とのツーショットの写真などを預かって帰られました。

2002年3月号に、カラーで5ページにわたり写真入りで載せてくださっていました。まさかこれほど大々的に載せてくださるとは思ってもいませんでした。なかで

50代からの生きかた・暮らしかた応援雑誌
いきいき
あがりっぱなしも
さがりっぱなしも
よくないね
大特集
主人を失っ
一度しかない
自分らしく
村山順子さん（54歳）
うしろに"STAFF"と書かれたお揃いのトレーナーを着た「プロシード」のみなさん。赤いトレーナーを着ているのが村山さんです。
年3月号

も嬉しかったことは、弊社の経営理念、料金表、起業時に必要な費用の概算まで載せてくださっていたことです。


読者の方からの電話、FAXがひっきりなしにありました。

「東京のメンバー（読者）です。東京まで家事サービスに来てください！」

「香川県に住んでいます。ぜひ、そちらで働きたいのですが」等々。

また、「男女共同参画センターで『いきいき』の記事を見ました。村山さんの応援をさせてもらいたいです」……と。


余談になりますが、この方（私を応援したいと電話くださった方）は、上品な美しい女性でした。ある大手サービス企業の取締役でしたが、早期退職。『いきいき』に載った私の記事を見られ、期間限定で一緒に働いてくださいました。マニキュア禁止でしたので、真っ赤なマニキュアを落としてもらい、ハウスクリーニングの現場へも一緒に入ってもらいました。夏の日、仕事帰りの車の中、汗を拭きながら「生きてるね〜」「生きてるね〜」と顔を見合わせ言いあった日が懐かしく思い出されます。

そうそう、彼女の私への置き土産があります。当時、コーヒーに砂糖とミルクをたっぷり入れて飲んでいた私を見て「村山さん、大人の女性はね、ブラックなのよ！」。

この言葉を聞いて、「そうか！　大人の女性はブラックなのか！」と、その日以来、ブラックに挑戦し、今では愉しんでブラックの飲める大人（？）の女性になりました。コーヒーを飲むときに、時に思い出す懐かしいOさんです。もう一つ教えてもらった、「美しい歩き方」。これは残念ながら身につきませんでした。

話を戻しますが、なかでも嬉しかったのは、『いきいき』に載っていた、村山さんのしていることをそのまま真似て起業してもいいですか？」との電話が、長野、京都、千葉などから4件あったことです。

「ウァ！　嬉しいです！　どうぞ、ご利用いただけたら嬉しいです。お互いに頑張りましょう！」と。また「妹が主人を亡くして落ち込んでいるので、この記事をFAXして送ります」と電話をいただいたり、「私でも、誰かのお役に立たせていただけた！」との喜びが、さらに前に進む力になりました。

家事代行サービスは、ご家庭の中に入らせていただく仕事です。信頼、安心、信用が一番大切です。

『いきいき』に掲載されたということは大きな信用となり、最初は読者の口コミで広がっていきました。

講演中の著者（55歳の頃）

『いきいき』の掲載をきっかけにお客様になってくださった方が、年齢を重ねられお2人亡くなられました。

そのお客様は、「私が死んでも、ひまわり（屋号）さんには、今までと変わらずに来てもらってくださいね」との遺言を残してくださり、亡くなられて10年過ぎた今も、続けて行かせていただいています。

私たちの仕事は紹介による受注が多く、また親子でご利用のご家庭もあります。ありがたくてなりません。そのきっかけの一つが、〝アンド・ユー〟へ思わず「みんな頑張ろう！」と送った手紙のような一枚のＦＡＸでした。予想だにしなかった世界に私を誘ってくれました。

まずは、行動する。気づいたことは後ではなく今、私の場合は、その行動の大部分が、「手紙」を書くことです。

「悲しいけど、みんな頑張ろう」と送った一通のＦＡＸが、『いきいき』に掲載され、誰かのお役に立てることが嬉しい。これが大きな信用になり、思ってもいなかった仕事につながったのです。

阪神・淡路大震災15年

２０１０年1月17日阪神・淡路大震災の15のメモリアル「いのりのとき」が神戸市の文化大ホールで行われました。２０００名の観客、長岡京市の室内管弦楽団、１２０名の混声合唱団、プロのアナウンサーが一堂に会しての素晴らしい「いのりのとき」でした。

かつての教え子のお母さんは、私が手紙のセミナーを始めたときから手伝ってくださり、教師時代から私の応援団をしてくれていた方ですが、「先生、亡くなった大切な方への１００文字メッセージを募集していますから、ぜひ応募してください」と応募用紙を送ってくれました。私を思って声をかけてくれたことが嬉しく、「ありがとうございます」とすぐに書いて送りました。

『〝見えますか、聴こえますか、これでいいですか〟っていつもあなたに尋ねながら生きている私です。いつかあなたのそばに行ったとき、よく頑張ったねって褒めてもらえるよう、今を活き活きと生きていきますね』

と送った１００文字メッセージ。

このメッセージが５００点余りの中から選ばれ、当日舞台上でプロのアナウンサーが朗読してくださいました。

大勢の観客、音楽、朗読、みんなが一つになり、感動、感動で胸がいっぱいになりました。終わってもしばらくは誰も席を立ちませんでした。いえ、あまりの感動で席を立てなかったのです。募金箱がありました。もちろんこの感激は金額に換算できませんが気持ちだけ入れさせていただきました。

それでは気持ちが収まりません。この感謝、感動をどうお伝えしたらと思ったとき、「あっ、そうだ、お礼の手紙を書かせてもらおう」と思い、プログラムを見て、主催者とアナウンサー5名の方に、手紙を書きました。

感動したことを書いていると、いつの間にか4枚もの長い手紙になっていました。そして、100文字メッセージの出典の主人との約束で書いた、私の初エッセイ『60歳の約束』(絶版)を大判の封筒に入れて、その日のうちに神戸中央郵便局で投函しました。

翌朝、「手紙はいいけれど、お忙しい方に拙著を送るのではなかった、ご迷惑なことをしてしまった」、と恥ずかしく、申しわけない思いになりました。ほどなくして、アナウンサーの方々から手紙やハガキをいただきました。皆様、大きなお心の方々で、「お手紙ありがとうございます。本も読ませていただきます」と、私のことを温かく受け入れてくださいました。ありがたくてなりませんでした。

1週間後、当時NHKのアナウンサーだった村上信夫さんからお電話をいただきました。

「僕は村山さんの手紙に心をわしづかみにされました。今、NHKは人と人との絆を取り上げています。村山さん、NHKのスタジオに来て手紙のことを『ラジオビタミン』の〝ときめきインタビュー〟で話してくれませんか」とのことで、びっくりしました。

正直、嬉しかったです。ありがたいことでした。ですが、〝ときめきインタビュー〟は、50分間それも生放送とのことです。今まで一度も『ラジオビタミン』を聴いたことはなかったのですが、きっと名のある方々が出演していらっしゃるのだろうと思い、お断りしました。

村上さんは、そんな私に「1月末に小野市（兵庫県）にボランティアで講演に行くので、そのときに会いましょう」と、言ってくださいました。

NHK『ラジオビタミン』出演

お約束どおり村上アナウンサーにお目にかかりました。そして、いろいろと聞いてくださり結局ラジオに出演させていただくことになりました。

〃人と人を優しく温かくつなぐ手紙〃。手紙を書かれる方を増やしたいと思って活動している私にとってラジオで手紙のことをお伝えできるのは、心の底から嬉しいことでした。

ＮＨＫなら多くの方に聴いていただける。手紙の良さが伝わる。そう思うと、出演日の４月13日が待ち遠しくてなりませんでした。

窓から緑いっぱいの皇居が見える東京のＮＨＫのスタジオで、あまり打ち合わせらしいこともなく、ほぼぶっつけ本番でした。

村上さんやアシスタントの神崎ゆう子さんの温かさとユーモアあふれるお話にいつの間に引き込まれ笑顔で話していました。村上さんの引き出す力、さりげなく場に溶け込ませてくださる温かさは夢のような嬉しい時間でした。そして思いがけず沖永良部島にいる母に喜んでもらうことができました。ＮＨＫラジオに出ることを母に話してはいましたが、ラジオを聴き終わった近所の方々が、「順子がＮＨＫラジオに出ていたよ」と母に電話をかけてくれたり、訪ねてくれたりしたそうです。

また、そのラジオで村上さんが「村山さんの声はよく前に出てマイクに乗ってますね」と褒めてくださいました。私はすぐに「母のおかげです。私が小学校１年生から沖永良部島を離れて神戸に出てくる13歳まで、毎朝決まった時間に大きな声で本読み

（音読）をさせてくれていたからだと思います」と、答えました。

そのことが母をとても喜ばせたようで、夜に電話をすると、母が1オクターブ高い声で嬉しそうに話してくれました。脳梗塞で動けなくなっている母に喜んでもらえたこと、亡き夫からの手紙を村上さんが朗読してくださったこと、手紙の素晴らしさを話せたこと、嬉しかったです。

阪神・淡路大震災のレクイエムプロジェクト「いのりのとき」に感動し、感謝の手紙を送ったことが、全国放送のNHKラジオに50分も出演させていただけるきっかけになるとは想像もつかないことでした。

感動＝即行動が、引き寄せてくれた大きな大きなプレゼントでした。

村上さんはその2年後、NHKを退職されました。村上さんだからこそ、私の手紙を取り上げてくださったのだと思います。

尻込みする私を励まし、出演の機会と勇気をくださいました。

村上信夫さん、ありがとうございました。

そして、その出会いのもとは、教え子のお母さんの勧めで書いた100文字メッセージ。彼女の勧めがなければ、村上さんとの出会いも、ラジオ出演もありませんでした。Nさん、ありがとうございました。

幸せもチャンスも、すべて「手紙」と「行動」からだった。

「人生は、人と人の出会い！　縁を大事にしてください」

これは亡き夫が、高校卒業と同時にアメリカの大学に留学する次男に宛てた手紙の一文です。縁をつくるのも、活かすのも、行動すればこそですね。瞬時の〝気づき即行動〟が、大切な縁をつないでくれたことをご紹介します。

2015年1月7日、NHKの「あさイチ」で、手紙のセミナーのことを取り上げていただいたことがあります。そのご縁も、瞬時の行動でした。東京開催の手紙のセミナーにもう少し人数が……と思いながらパソコンを開きました。すると、自動配信している手紙の書き方を開いた途端に、東京の方が6日間コースに申し込みされているのが目に飛び込んできました。

自動配信ですので、私が返信することはないのですが、住所が「東京」でしたのでその方に手紙のセミナーのことをお知らせしたいと思いました。

すぐにその方に、「JR大井町駅前にある『品川区立総合区民会館』通称『きゅりあん』で、手紙のセミナーを開きます。ご都合がつくようでしたら、いかがですか？」と、返信メールを送りました。

すぐに「『あさイチ』のディレクターのNですが参加して良いですか？」とメール

が返ってきまして参加してくださいました。そしてセミナーを受講され、一緒に手紙を書かれました。その後、「お時間いただけますか」と、3時間ぐらいでしたでしょうか、取材を受けました。そして「すぐに企画書を出します」と言われ、ほどなく神戸での取材が決まりました。2日間、3名のスタッフの方がおいでになりました。放映日は1月7日と決まりました。

NHK『あさイチ』の反響にびっくり

『あさイチ』の反響の大きさにびっくりしました。神戸のセミナーに福岡から、また40数年前の教え子も「先生がテレビに出ていて懐かしくて」と駆けつけてくれ、東京でのセミナーには北海道から等々。素敵な若い友人たちとの出会いも『あさイチ』がきっかけでした。大切にしたい「出会い、ご縁」です。

もし、6日間コースの申し込みのメールに、いつものように返信しなければ、いえ、ディレクターが、あの自動配信の申し込みをしてくださらなければ、また、お休みの日に手紙のセミナーに参加し、何時間も費やして話を聞いてくださらなければ、この取材はありませんでした。これって奇跡的なことですね。

「後で」と思っていたら、『あさイチ』で取り上げられることもなかったでしょう。

私を見つけてくださったディレクターに感謝です。一番嬉しかったことは、手紙の素晴らしさの科学的検証をしてくださったことです。

手紙を書くことにより書いた人も、貰った人も絆ホルモン、幸せホルモンとも言われている「オキシトシン」が増えるそうです。心理学の立場から桜美林大学の山口創先生が、医学的な立場から自治医科大学の尾仲達史先生が、手紙を書く前の唾液、書いた後の唾液、手紙を貰う前の唾液、貰った後の唾液の中に含まれるオキシトシンの量の変化を検証し、その結果に、山口先生は、テレビカメラの回っているなか、ビックリされ思わず〝これは快挙です〟と言っておられたのが、何より嬉しかったです。

実は以前手紙のセミナーに参加された自律神経失調症を患っていた大手病院の師長さんがこんな話をしてくれました。

「順子さん、手書きの手紙は相手への贈り物だけでなく、自分自身への贈り物でもあると思うよ。私、何もやる気が起らなかったけど、手紙を書いたら何か始めたいと思うようになったよ」と。その話を聞いた他の参加者も〝私もとてもスッキリし元気になった〟と話していた理由がわかりました。このことを知り、手紙の素晴らしさを、より多くの方にお伝えしたいという気持ちにさらに火がつきました。

即行動、気づき行動は亡き夫が「明日があるという保証は誰にもないよ。後ではないよー、今しかないよー」と、命をかけて私に教えてくれたことです。やはり、亡き夫に感謝です。そして、素直に動ける心と、元気な身体をくれた、両親に感謝です。

7章 家族からの手紙

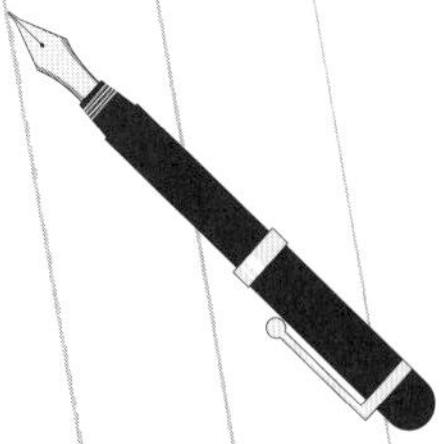

なぜ、手紙のセミナーを始めたの？

出張先で突然亡くなった夫。亡くなる1カ月前の私の誕生日に書いてくれた10行ほどの手紙に生きる勇気や希望を貰い、掃除の会社を起業しました。

仕事が軌道に乗り始めた２００４年から、仕事以外で私にできる社会へのお役立ちは「手紙だと思い」事務所に「大切な人に手紙を書きませんか！」と張り紙をして、近所の５名のお母さん方と手紙を書いたのがセミナーの始まりでした。以来14年余り続けています。

私のお勧めする手紙の書き方は、形式にこだわらず、相手を思う気持ちを届けるというものです。今日まで、多くの方がご参加くださり、温かい関係を深めたり、もつれた関係をつなぎ直したり、途切れていた絆を結び直すことができています。一通の、「心を込めた手紙の力」を実感した13年間でした。

誰でも、気持ちさえあれば書ける手紙！　手紙の素晴らしさをお伝えするのは、亡き夫の手紙に救われた私のライフワークです。

ここからは、手紙の実例を中心に書いてみます。

父親から次男への手紙

今、ホテルで書いています。いよいよ出発の日、慶輔にとって感無量のことと思う。18歳にして初めて親元を離れる不安もあるだろうが、それ以上に未知の世界への希望いっぱいが現在の心境だろう。アメリカでは多くの友人たちが慶輔を待っています。何億人という多くの人の中から数人、数十人、数百人、縁を大事にしてください。

誠心誠意で対していけば自ずと道は開けます。書きながら、慶輔の生まれたころのことが思い出されます。

よちよち歩きの小さかったとき、幼稚園のころの可愛かったとき、小学生、中学生、そして親馬鹿かもしれないが、たくましく感じる現在の慶輔。その時々、母さん、父さんを喜ばせてくれてありがとう。アメリカでの留学生活、困難にぶつかり、くじけそうになることもあるかと思うが、慶輔だけが苦しいのではない、みんながそんな中で努力していることを思い〝己に負けないこと、妥協しないこと〟それくらいの強い気持ちで、逆境をはねかえすよう。苦労したほど、人間が大きくなります。

父さんも慶輔と話しあえる日を楽しみにしています。

慶輔には、多くの応援してくれている家族、親せきの人たち、そして同級生、同窓生がいます。負担に思わなくてもいいから、時には頑張っている様子を知らせてあげてください。

最後になりますが、健康に気をつけ実りある留学生活を送ってください。

母さん、父さん、力、孝志、朋子、みんなが応援しています。

フレーフレー慶輔！

言い尽くせない気持ちでいっぱいです。

父さん、母さんの分も頑張れ。

父さん、母さんも神戸で頑張ります。　　父より

（夫は、この手紙を書いた1年5カ月後、逝ってしまいました）

次男から長男への手紙

りきごん。（兄のことをこう呼んでいました）
今日、10月28日は親父の命日やねんな。

なんかいろんなことを思い出したり、考えたりしてた。
ほんまに、めちゃくちゃ時間が経つのが早く感じる。
もう今日で親父が死んでから、1年過ぎてんで。
全然信じられへんわ。
まだ親父が死んでしまったことすら、信じられへんしな。
俺まだ、親父が死んだっていうこと心の中では認めたくないって思っているし、
心の傷が癒えてないっていうか、
まだまだ心に重くのしかかっている感じがする。
やっぱり、友達や知り合いに、聞かれん限りは絶対に言わへんし、
言うときもかなり戸惑いを感じる。
なんか同情なんかされたくないと思うし……。
でも、今、1年が過ぎて思うのは、
もっと現実を認めて強くならなあかんなぁってこと。
親父が死んだんは、どうしようもない事実やし、
その親父に報いるには、自分、そして残された家族がどう生きていくかにかかっているいると思うしな。

さっき、昔の手紙を漁っていたら、
俺がアメリカへ出発する当日に親父がくれた手紙があった。
ほんまにめちゃめちゃええこと書いてくれとった。
思わず泣いてしまった。
最高の親父やったとほんまに思う。
特に俺はアメリカ留学のことでめちゃめちゃ世話になったっていうか、
親父が全面協力してくれたから、俺はここまで来れたんやし、
こうして今、ここにいることができている。
親父最後まで俺の応援をしてくれて……、
親父には感謝してもしきれん恩があったのに……。
俺、もうめっちゃ頑張るわ。
ほんまにだらだら過ごしとったら、親父に合わす顔がないわ。
残りの留学生活をめちゃめちゃ充実したものにして、
親父にほんまにありがとうって言いたい！
そう思ってる。
りきごん、ごめんな。なんかいろいろ書いてしまって。

どうしてもな、何か書きたくなってしまってん。
なぁ、りきごん。良い村山家にして行こうな。っていうか、
親父の血を引く家系やねんから、絶対へぼせんとこな。（そうなるわけないけどな）
あと、親父孝行できんかった分、おかん孝行しようぜ。
俺はやる気まんまんやで。
なんかかっこええこと書いたけど、
これ全部ほんまに思っていることやから。うん。

そしたらりきごんも頑張って。
あとたかしと、ともこにもよろしく。
おかんをよろしく。

慶輔

神戸の進学校に通っていた次男は、日本の大学ではなく卒業と同時にアメリカの大学で経営学を学びたいと話していました。高校の先生方は、大反対。日本の大学に進学してから、アメリカに留学するように……と。
次男は、どうしてもすぐに留学したい思いが強く、自分の考えを父親に相談しまし

た。父親は次男の話をしっかり聞いて、「分かった！　父さんが学校に行こう」と言って高校の先生方を説き伏せてくれました。次男は卒業と同時に、アメリカの大学に留学することができました。

　アメリカで大学卒業前に、外資系大手コンサルタント会社アクセンチュアに就職が決まりました。その会社は半年間の間、いつでも入社月を選べる会社でした。彼は、入社までの半年間インドのソフトウェア会社でインターンシップで働いていました。そのときに地元の小学校に招かれ講演している様子がインドの新聞に載ったそうです。彼自身も日本の文化を知らないことを恥ずかしく思ったそうです。いつか日本を、外国の人たちに自信を持って紹介したい！と思っていたそうです。

アクセンチュアに6年勤務の後、2007年退社し、インバウンドの会社『株式会社やまとごころ』を立ち上げました。当時はまだ政府に観光庁もない時代でした。創業後のリーマンショック、またお金をいただけないことなどが重なり、厳しい状況になりました。私は、そのとき、次男に宛てて手紙を書きました。

「まだ若いのでやり直しはできる。一旦閉じて、出直しを図ったらどうか」と20枚余りの手紙でした。彼は兄（長男）のアドバイスもあり会社の中核の部分を残しやり続けました。その根底には留学するときの父親の手紙があったそうです。父親に恥じない生き方をと思い歯を食いしばり会社を続けてきました。

2020年のオリンピック、パラリンピックを控え、日本全国でインバウンドが新聞紙上に出てこない日はないくらいになってきています。昨年3月に創業10周年パーティーを東京のホテルで開き、長男と、亡き夫の写真も一緒に参列しました。写真の夫が、笑って見えました。父親からの一通の手紙が、生きる力、生涯の宝物になっているのだと思います。

結婚する娘からの手紙

2005年4月2日、娘の結婚式。

お父さん、お母さん、今まで24年間、育ててくれて、見守ってくれてありがとう。お母さん、8年前にお父さんが亡くなってから一人で4人の子どもを育てていくのは本当に大変だったと思います。一生懸命働いていつも優しく支えてくれて本当にありがとう。私はお母さんにいっぱいわがままを言うし、キツイことも言ってしまうし、可愛い娘ではなかったかもしれないけど、本当はお母さんをとても大切に思っています。素直じゃなくてごめんね。

私が小さいときは、おばあちゃんも入れて家族7人での暮らしでしたね。いつも誰かが一緒にいてくれて、そして近所迷惑なくらいにぎやかな家が私は大好きでした。りきにいちゃん、けいすけにいちゃん、たかしにいちゃん、大人になってからは昔みたいに兄弟4人揃って仲良く話す機会はほとんどなかったけど、これからも兄弟みんな仲良く、お母さんを支えあっていこうね。そしてお父さん、バージンロードを一緒に歩けなかったのがとても残念だったけど、いつも私にはお父さんがそばにいてくれる気がして、とても心強かったよ。今でもお父さんの愛情をすごく感じています。ありがとうね。

私は和也さんと一緒になれてとっても幸せだから安心してこれからも私たちを見ていてね。最後にお母さん、一人娘を遠くに嫁がせるのは寂しくて心配だと思います。でも今、私はお父さんお母さんのいっぱいの愛情を感じています。そして和也さんにとっても愛され大切にしてもらっています。本村家の皆さんにも愛情を注いでもらっています。

だから安心してね。大丈夫だよ。

お母さん、これからはもう少し肩の力を抜いて、旅行に趣味に人生を楽しんでくださいね。くれぐれも健康には気をつけて、元気に長生きしてね。今まで本当にありがとう。

これからはお父さんお母さんのような愛情いっぱいの家庭を和也さんと築いていくので、見守っていてください。

朋子

やがて母になる娘へ

4人の子どもに恵まれました。男の子3人の後、4人目に娘を授かりました。初めての女の子、嬉しくてなりませんでした。娘は中学生のころから、資格のある仕事につきたいと大阪の大学の薬学部に入学し、薬剤師として、大阪の大手製薬会社の創薬研究所に勤務していましたが、社会人のバドミントンクラブで知り合った彼が、実家の金沢に帰るとのことで娘も仕事を辞めて金沢で結婚しました。その娘がいよいよお母さんになることになりました。

朋ちゃん、来年の7月にはお母さんになるのですね。おめでとう！嬉しいなー。お父さんが生きていたらそれはそれは大喜びでしょうね。初めてのことで不安も心配なこともあるかと思うけど、身体のことは病院の先生に尋ねればいいいし、朋子はそのままできっといいお母さんになれると思うよ。子どもが育つのと同じように母親は子どもによって育てられていくのだから。特別に頑張ったりしなくても今のままの自然体で大丈夫です。

ただね、「胎教」って本当に大切だし、子どもに影響すると思います。実感です。明るく楽しい気持ちで毎日過ごしてくださいね。朋子の心をそのままお腹の子どもが感じていますので、いい音楽を聴くことも、本を読むこと、きれいな絵や景色を見たりするのもとてもいいと思います。

でも一番大切なのは和也さんと仲良く、心穏やかに日々を楽しむことよ。当たり前に思える毎日を感謝の気持ちで過ごすことだと思います。

4人兄弟の中では、力兄ちゃんが一番情緒豊かです。それはきっと胎教の影響だと思います。1人目ということもあり、時間もゆったり流れていたからだと思いますが、よく散歩に出かけました「きれいな花が咲いているね」とか、沈む夕日を見ては「きれいな夕日よ、見えるかしらね」と声に出して話しかけたり明るい気持ちで過ごしていました。

慶ちゃん、孝志君のときは本を読み、よく勉強しました。

4人目の朋子のときは「いいお母さんになりましょう」「いい奥さんになりましょう」という勉強をしていたので、その活動に一生懸命で9カ月まで坂の多い神戸の町を自転車で走り回っていました。そして、「お母さんも頑張るから、予定日ごろのちょうどいい日に生まれてきてね」と願いながら走っていました。きっとやる気のある頑張り屋の子どもだろうなーと、思っていました。そして、そのとおりの子どもでした。

おじいちゃんにとって初めての女の孫ということで病院中にひびくような「バンザーイ」の声で祝福され、生まれてきた幸せな朋子です。

4人ともみんな、お父さんやお母さんやおじいちゃん、おばあちゃんが待ち望んで授かった子どもたちです。

妊娠中、気分の悪いときや、時にはイライラしたこともあったけど、支えてくれ、聞いてくれるお父さんがそばにいてくれました。

本当に幸せな中で生まれてきた子どもたちです。そのことがあなたたちの前で話せる一番の財産かな。

生きているということは、日々いろいろなことがあります。怒ったり、不足に思ったりせずに角度を変えて、見たり、考えたりするとね、それが感謝に変わってくるの。それもこれもすべて「生きているからこそ」なんですよね。

朋子にお母さんは「いい加減やね」と言われるかもしれないけどね、前を向いて一生懸命生きてきて起こることは何か、自分に教えてくれているのかも……とか、必要あってのこと……と受け止めるようにしています。

雨も良し、天気も良し、嵐の日もまた良しと、そのとき、そのときを感謝する心でむかえるように心がけています。（そうでないときもあるけど）

気持ちが楽な生き方をしています。

ポジティブシンキングで楽しみながら7月を迎えてくださいね。

子どもは二人の子供であっても親の所有物ではありません。子どもは親を選べませんよ。いや、選んで生まれてくるのかも。

天からの授かりもの、預かりものと受け止めて大切な時間を過ごしてくださいね。

親の心がそのまま子どもに伝わっていることをいつも覚えておいてください。

朋子が嬉しいとお腹の子どもも嬉しいのです。和也さんと仲良く、そして本村のご両親、おばあちゃんにも可愛がってもらってくださいね。

よく訪ねていってくださいね。寄って来る人ほど可愛いものはないと言いますよ。お母さんも村山のおじいちゃん、おばあちゃんに本当に可愛がってもらいました。

2人のことを思い出すたびに懐かしさで胸がいっぱいになります。

あなたたち4人の子どもをあまり心配せず、心おおらかに育てられたのは「大婦仲良く、親を大切にし、そして尊敬しあって暮らしていけば、子どもたちも素直に育っていく」ということを信じ、実践してきたからだと思います。私は足りないことばかりですが……。

お父さんは心から尊敬できる人でした。

今、子どもたちの安全面でも心配なことが新聞紙上をにぎわせており、不安をかきたてられます。

でも、分かりもしないことを不安がったり、心配するのはムダなことです。何よりも今を大切に、仲良く、支えあいながら過ごしていくことが一番です。

朋子、子どもが生まれても〝子ども、子ども〟と子ども中心の家庭は築かないでね。まず、和也さんと心を合わせることです。子どもが、子どもがという生活を送ると、あとで親も子どもも困ることになります。赤ちゃんのときは全責任が親にあるのですから（何もできないので）赤ちゃん中心にならざるを得ないかもしれないけど、いつも和也さんの存在が父親の存在がはっきりしている家庭を作ってください。

そばにいたら、いろいろ伝え教えられることもあるかもしれないけど、私に分かることだったら母親の先輩としてアドバイスできると思いますので聞いてね。でも本村のお母さん（お姉さん）に聞くのがもっといいと思います。

楽しみながらいい日を過ごしてね。それじゃまたね。

社長交代した日の夜、長男からの手紙

２００９年９月19日、私の62歳の誕生日に代表取締役を長男に引き継ぐ式を地元のホテルで開きました。現スタッフ、辞めたスタッフ、お世話になった方々、長男の家族も一緒に式の後、食事会をしました。その夜、長男から手紙が届きました。こんなことを書いてくれていました。

62歳の誕生日おめでとう。

今、本当に感謝の気持ちでいっぱいです。

今日の社長就任式、こんな素敵な人たちを集めてくれ、こんな温かい会社を作ってくれて、本当に、本当にありがとう。

母さんが大切にしてきた誠実さ、人を思う心、一人一人と真剣に関わること、僕も大切にしていきます。

今日改めて責任を実感しました。

〝力丸〟と言ったけど、誰一人欠けることなく次の島へ……。

その島がどんなものかはハッキリしてないけど、とにかく着いたらみんなが、来て良かった！

一緒にひまわり号に乗ってきて良かったと思える島を目指します。

今日は人生で、一番嬉しかった日の一つです。

母さんの62歳の誕生日が、僕の幸せな社長の誕生日となりました。

母さんが心を込めて育てたひまわりは、僕がみんなとともに、もちろん孝志もしっかり育てていくので、これからは、そのひまわりにふりそそぐ太陽のように、みんなにパワーを与えていってください。

太陽は、ひまわりだけじゃなく、周りの全てに降りそそぐ光です。

この世の中を、曇りないきれいな心と熱い思いで照らしていってください。やはり今も父さんを強く感じます。
父さんと母さんの子として生まれてきて本当に幸せです。
本当に、本当に産んでくれてありがとう！
父さんと母さんの子どもとして生まれたのは、何兆円の宝くじに当たるよりも幸せなことで、そのことだけでも何かの使命を感じます。

どうぞ、身体、健康に気をつけていつまでもみんなの太陽であってください。本当にありがとう。

力より

以前はよく、仕事のことでぶつかりました。代表を交代したはずなのに、私自身が創業者の思いが出て、相談されているわけでもないのについ、いろいろ聞いたり、指図したりしてぶつかったのです。

そんなときに、この手紙を思い出し、読み返すときこんな優しい息子に、何を意見することがあるのだろう。任せれば良いのに、口出しをして、申しわけなかった！　と、心を鎮めることができ、感謝の気持ちが湧いてきて素直に謝ります。すると、長男も

「言いすぎてごめんなさい」とすぐに仲直りができます。

手紙は、読み返すと、そのときの情景も浮かび優しい気持ちになれます。手紙は人間関係修復の素晴らしいツールだと思います。

孫へのハガキ

金沢に嫁いだ娘に女の子、ゆうちゃんを授かりました。赤ちゃんのころは、私に笑って抱っこされていましたので。嬉しくてなりませんでした。ところが1歳前から人見知りがひどくなり、私を見ただけで大泣きし、娘の後ろに隠れます。まるで子ども虐待かと思われるほどの泣き方です。とても抱っこできる状態ではなく、会いたいけど、また、泣きじゃくられるのか……と思うと悲しくて、神戸に遊びにきてくれたら嬉しいけど、泣かれるのは嫌だなーと複雑でした。

娘も私に、気を使っていたようです。

娘から「お母さん、ゆうちゃんひらがなが読めるようになったよー」の連絡に、私は、「やったー」と思いました。

次男のパートナーのあやさんは、グラフィックデザイナーですからおとぎ話の絵葉書を作って送ってくれていました。その絵葉書に、ゆうちゃん宛てに毎日、毎日、は

次男のパートナーあやさんの作ってくれた童話の絵はがき

がきを書いて送りました。

「ゆうちゃん、きょうは、なにしてあそんだの？

なにたべたの？

このおはなしは、パパにきいてね。

ママにきいてね」

などと、書いて送り続けて4カ月が過ぎました。

ハガキの力とでも言いましょうか。子どもでも分かるのですね。私が特急サンダーバード（大阪を始発とした特急で湖西線経由、和倉温泉までを結ぶ）で金沢の駅に着くと今までさんざん私を見て泣いたゆうちゃんは、私を見つけると改札口をすり抜けて「ばぁちゃん！」と赤ちゃんのころ以来、初めて私の胸に飛び込んできてくれました。

その時の感動は、言葉にできないくらいです。胸がいっぱいになりました。幼い子どもでも、自分宛てに毎日届く絵葉書を、楽しみにしていたのですね。娘は、私からの絵葉書をきちんとファイルしてくれていました。

今、手紙のセミナーのために、一冊、娘から借りています。

メールもいいですが、絵葉書や、手紙など、実際に手に取り読めますので、後で読み返し、どれだけ愛されて育ててもらったかが伝わります。

公民館で話すときなど、祖父母たちに孫へのハガキを書くことを勧めています。旅先などで、きれいな絵葉書を見つけると、今もつい買ってしまいます。

子どもたち、孫たちに、誕生日や入学、卒業などの記念日に自筆で書いて送りませんか！

愛されて育ててもらったという、お金では買えない、素敵なプレゼントになります。

8章 スタッフ、セミナー参加者からの手紙

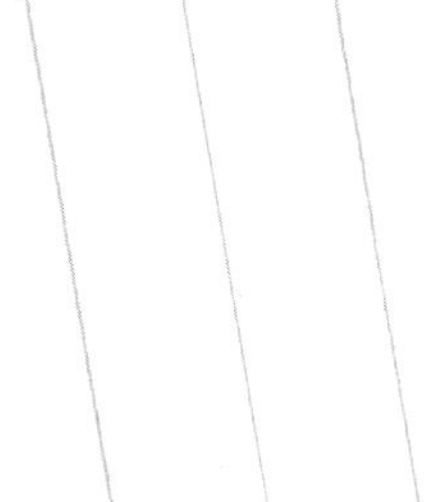

私の創業した『ひまわりサービス』は20代から80代まで、世代を超えたスタッフがともに働く、大家族のような会社です。30〜40代は、みんな私の娘息子のような気がします。そんな大事なスタッフの一人、マネージャーのまどかさんからもらった手紙を紹介します。

マネージャーからの手紙

順子さんへ

36年前の今日、私は生まれました。

まさかまさか、こんなに生きるのが楽しく一日一日成長してゆくことがうれしく、一瞬一瞬が喜びでいっぱいの人生が送れるとは思っていませんでした。順子さんがつくってくださったひまわりに出合えたこと、ひまわりで働けることで、私の人生にぱっと光が差し、

生まれてきて本当に良かった！

今日も目が覚めて良かった！

と、心から思える人間へと成長しました。

こんなふうに思える心を育ててくださった順子さんに出会えて

私は本当に幸せです!!

私は私が大好きになりました。そう思えるようになって人や物や出来事すべてにとっても深い愛情が湧くようになりました。

きっと順子さんの光をいっぱいに浴びて育ったからだと思います。

順子さん、これからもずっと私たちの光でいてください!!

順子さんありがとうございます。

２０１０年８月27日

彼女とは、ある仕事の現場で出会いました。とても笑顔の素敵な可愛い女性でした。その彼女はかつて、鬱で働くことができなかったことがあったそうです。その当時、彼女が勤めていた会社の社長の勧めもあり、弊社に面接に来てくれました。自宅から遠いのでどうかな？　と思ったそうですが当時、わが社で毎月出していた『ひまわり新聞』を見て、こんな会社で働きたい！　と通ってきてくれました。彼女は神経が細く、優しすぎて、何かを伝えるときの言葉もずいぶん神経を使いました。

今は、伝えるべきことはしっかり伝え、仕事上の注意も、褒めることもきちんとできる頼れるマネージャーに成長しています。貰ったカードに「私は私が大好きになりました。そう思えるようになって人や物や、出来事すべてにとっても深い愛情が湧くようになりました」。生きることに自信がなく、自己肯定感が低かった彼女が、そう書いてくれていることは何より嬉しいことでした。

彼女には、学生時代から交際している彼はいたのですが、結婚願望は少なかったそうです。ですが、仕事を通じ多くの家庭を見せていただき、「家庭を持ちたい」という気持ちになったようでした。

交際していた彼と婚姻届を出した日、彼女が「事務所に行って順子さんに報告したい」と言ったそうです。彼は、「今日は日曜日だから会えないかもしれないよ」と言ったそうですが、事務所に寄ってくれました。

私がまさに今、事務所から出かけようとしているときでした。会えないかもしれないけど、すぐに報告したい！　という彼女の心が愛おしかったです。

彼女は、私にとって〝掌中の珠〟です。

給料袋に手紙を

創業から18年過ぎた今も、現社長が写真付きの詩を入れたカードを作り、裏面に私がその方宛てのメッセージを書いて給料袋に同封しています。

毎月30数名の方に書いていています。感謝と、健康を祈る言葉は同じですが、一枚一枚その人のことを思い浮かべ、「おじいちゃん元気になったかしら」「子どもさんは中学校に慣れたかな」などと書いています。

年齢を重ね、体力的に無理になり辞めた元スタッフが、あるとき、事務所に遊びにきてくれました。手提げ袋の中から取り出した不揃いの紙の束。それは、給料袋に入れた私からの手紙でした。彼女は「今は働けないけど、お客さんに喜んでもらい、会社のお役に立っていた証の手紙があるから、元気で生きていけます！」と笑顔で話してくれました。走り書きのときもありました。一筆箋のときもありました。心で受け止め大事に持っていてくれていることに、私も大きな喜びをもらいました。

仕事以外で私にできる社会へのお役立ちは「手紙のもつ力を伝えること」だと思い、2004年から「大切な人には心を届ける手紙を書きましょう」と続けています。

人間学を学ぶ月刊誌『致知』の2010年7月号に「手書きの手紙は優しい心の贈り物」という記事を掲載していただきました。面と向かっては照れ臭くて言えない「ありがとう」や「ごめんなさい」「嬉しいよ」も、手紙だと不思議に素直に書けます。

誰でも相手を思う気持ちさえあれば書ける手紙。手書きの手紙を家族間に、会社に、地域に広げていき、日本全国に、優しい手紙の輪を広げていきたいと思いました。

２０１３年10月に、「２０１５年12月25日までには、日本全国47都道府県で、『大切な人に心を届ける手紙のセミナー』や、講演で手紙の素晴らしさを伝えていきます」と自分に誓い、みなさんの前で話しています。

残念ながらその日までには達成できませんでしたが、諦めさえしなければ必ず実現できると信じています。できないのではなく、どうしたらできるか！　私のライフワークです。

あなたも心を届ける手紙を書いてみませんか！

もつれた人間関係もつなぎ直し、温かい人間関係はより深く優しいものにしてくれる手紙です。パートナーに、子どもに、社員に。

20年ぶりの親子再会

神戸で開催した手紙のセミナーに若い女性経営者が参加しました。私はいつも通り、私の手紙への思いや、参加されている姉妹、親子関係、私の前の会社の社長との確執も一通の手紙で絆を結び直すことができた、などの話を聞かれた彼女は、「20数年前に別れた父親に手紙を書いてみよう」と気持ちが変わったそうです。

一通の手紙が20数年、音信不通になっていた父と娘の絆を結び直してくれたのです。

彼女から届いた手紙の一部です。

手紙のセミナーは今までを振り返り、ずっと引っかかっていたことに気づく良い機会になりました。そして父に「ごめんなさい」と「ありがとう」を伝えることができて、ホッとした気持ちになりました。私としてはそれで満足でしたが、7月に入って父から返事が届きました。

私が手紙を出してから、1カ月以上も経ってどうしたのだろうと、開封する前からドキドキしましたが、その手紙には、「悪かったのは自分だから気にすることは何もない。申しわけなかった。幸せそうで嬉しい。いつまでも幸せを祈っている……」。そういった内容が書かれていました。胸が熱くなって涙がポロポロこぼれました。

順子先生、手紙ってすごいですね。離れて暮らすようになって20年以上経つ父と、こんな交流ができるとは思いませんでした。手紙のセミナーを知って参加することができたことに感謝、順子先生にお会いできたことに感謝しています。

そのあと、後日談が届きました。

彼女に赤ちゃんができました。お父さんは、赤ちゃんに会いにきてくれました。孫が可愛くてたまらないようです。それだけではなく、その後、父親、娘夫婦、孫と3世代で父方のお墓参りに行くことができ、ご先祖様とつながることができました。

一通の心を込めた手紙が、父と娘、孫をつないでくれたこと、手紙の力のすごさ、素晴らしさを聞き、感動で身震いしました。彼女は、「一人だったら、あの父への手紙が書けたかな？　と思うとき、あの場の雰囲気、皆さんで作り出す雰囲気が、それまで書こうとは思ってもいなかった父への手紙を書くことができ、今につながっています」と話してくれました。

聞かせてもらうだけで、幸せな気持ちになりました。嬉しい話を、分かちあってくださりありがとうございました。相手を思う、素直な気持ちで書く手紙は、必ず相手に届きます。あなたも、心にかかっている方に、素直な気持ちを届けてみませんか！

夫から妻へ

手紙のセミナーの様子を取材したいとのことで、２０１３年8月、大阪のテレビ局、朝日放送の『キャスト』の取材がありました。参加者に許可をもらい、カメラの回っている中で手紙を書いていただきました。その後の密着取材で経営コンサルタントの藤本秀俊さん宅へ。

照れながら奥さまに手紙を渡すシーンを、テレビで拝見しました。

藤本りえ子様

結婚して27年、久しぶりに手紙を書きます。

一言では言えないくらいいろいろなことがありましたね。

転職、独立、大震災、そして乳がんのこと。でも振り返ってみて、不思議なほどすべてが良い思い出です。それは恐らくいつも二人で一生懸命に力を合わせてやってこられたからだと思います。

私には分からない苦労をさせているのかもしれませんが、記憶に残っているのは、楽しいことばかり。思い出のほとんどは、二人で考えた旅行のプランばかりです。

今年は新婚以来の二人での海外旅行です。これは朱音（娘）からのプレゼントなのでしょうね。思いっきり楽しみましょう。

そしてこれから先、何十年と一緒に長い、長い旅行を楽しみましょう。

覚えていますか?
二人の目標は、豪華客船での世界一周旅行です。
何年後になるか分かりませんが、お互い健康でいて、必ず実現しましょう。
これからもよろしく。いつもありがとう。

藤本秀俊

村山順子様

はじめまして、いつも主人が大変お世話になっております。

主人から手紙を貰ったときの感想をとのことですので、お伝えいたします。

手紙を貰ったとき、主人の気持ちが聞けてホッとしました。何故なら、結婚して27年の間に、乳がん以外にも膝の手術、子宮ポリープ切除、尿路結石など心配をかけてばかりでした。私は自分自身のことですので、病気との闘いの連続であってもどんな人生でも受け止めて生きていけますが、それにつきあわされることになった主人がどう思っているのだろう。いつも「一緒に頑張ろう」と支えてくれていましたが、本当は「どう思っているのだろう。こんな人生じゃなかった」と思っているのではないかと。

一度聞いてみたかったのですが、なかなか聞けるものではなかったです。

今回、手書きの手紙で「いろいろなことがあったけど、楽しい27年間だった。これからもよろしく」と気持ちを伝えてくれたことで、胸につかえていたものが、すっと取れた感じがして、本当にホッとしました。嬉しかったです。こんなことでもなければ、気持ちを聞くことはできませんでしたから、本当に感謝していま す。

こういう機会を与えてくださり、ありがとうございました。

藤本りえ子

窮状を救った税理士の手紙

２０１５年12月、ＪＲ元町駅近くで「心を届ける手紙のセミナー」を開きました。私自身が開催するセミナーは、できるだけ少人数で、アットホームな雰囲気で開いています。

この会には、福井県の丸岡町「一筆啓上　日本一短い手紙の館」から担当の職員の方が2名参加され、10名くらいの参加者の中には、知人の郵便局長と一緒に大阪の税理士の方も初めて参加されていました。

その税理士の方は自己紹介のときに、「実は、人間的にも素晴らしい社長であるお客様が、取引先である東京の企業より受注した工事で、指示に従って行った追加工事代金を貰えず、今、厳しい状況にあります。そこで取引先宛てに、お客様の窮状をお伝えする手紙を書こうと、先ほど、思いつきました」。と話されました。

私の手紙のセミナーでは、書き終わった後、「分かちあい」と言って、皆さんの前で、よろしければ、読んでいただけませんか？　と声をかけ、希望者に読んでいただいております。

彼は、取引先に宛てたつもりの手紙を読んでくださいました。


「社長がどれほど誠実な経営者であり、良い仕事をしているか、こんな素晴らしい社長の会社を倒産させるわけにはいかない！　と思い手紙を書きました。私たちは弁護士ではないので、お金を払ってくださいとは言えないため、どれほど多くの外注費等の原価が実際に必要であったかを説明し、その社長へ支払いをお願いするようにしてもらおうと考えている」というようなことを話されました。

そして、私に「この手紙、相手先の社長に出しても良いでしょうか？」と尋ねられ、私は「真心が伝わりますので、ぜひ郵送してください！」と背中を押させていただきました。その後、どうなったのか気になりながらも、日々の仕事に追われていました。

そんな中、２０１６年11月４日、「手紙のセミナー12周年感謝の集い」を開きました。今まで手紙のセミナーに参加された方々や、お世話になった方々が駆けつけてくださいました。その折、以前の手紙のセミナーに税理士の方と一緒に参加されていた郵便局長が、「所用で先に帰るけど、どうしても伝えたいことがあります」と言ってマイクを持って壇上から、その手紙を出された後日談を披露してくださいました。

手紙を受け取った取引先の部長さんから電話があり、責任者２人で大阪に出向き説明したいとの連絡がありました。そのとき、お客様がその支払いを懇願し、時間は要しましたが、１割しか支払えないと言われていた請求額の４割の数千万円が支払われたとのことでした。

おかげでお客様の会社は危機を脱することができたとの話でした。心の底から嬉しい話に、会場はどよめきました。

多くの方々が集まっている中での、手紙に関する嬉しい発表は、私にとって何よりのプレゼントでした。心より感謝しております。
ありがとうございました。

社員研修としての手紙セミナー

2015年1月、NHKの『あさイチ』で手紙のことで私が紹介されてすぐに、大阪で9店舗の美容室スニップを経営している清水幸樹社長から電話があり、手紙のセミナーの企業研修をしてほしいとのことでした。スタッフが、よくお客様にハガキを書いているとのことでした。どんなハガキを書いておられるのかメールで送っていただきました。手書きで、温かみのある、お客様の気持ちに届くハガキでした。

「とても素敵なハガキを書いておられるので、私が伺わなくても良いんじゃないですか？」と答えますと、「村山さん、それじゃ、スタッフを褒めにきてください」と言っていただき、夜の営業の終わった8時ごろ、各店舗から新人、店長、マネージャーが集まっての手紙のセミナーでした。

美容室激戦の地域の中にありますが、どこのお店も素晴らしい繁盛店ばかりです。とてもみなさん仲が良く、場がすぐに温まりました。

本音の手紙を書かれ、みなさん涙ながらに読んでくださいました。

新婚の方は、「帰りが遅くなり何もできなくてごめんなさい！　もう少し待ってくださいね」

また実家が火事になったスタッフは「家が大変なときに帰れなくてごめんなさい」など、普段の個人面談ではなかなか話せないことを書かれ読んでくださいました。

本音で書き、読めるということは、温かい人間関係ができているスニップさんだからこそ安心して、自己開示ができるのだと思いました。その後、社長から感想をいただきました。

「初めはスタッフのために受けようと思っていました。結果は自分が一番ビックリしています。自分の中にあった、自分だけの思いを手紙にして読んだときに、何かが込み上げてきて、涙が止まりませんでした。そしてその後の清々しさは感動でした。

参加したスタッフ全員の素直な気持ちに触れることもでき、自分の心もさらけ出すこともできました。深い絆ができたように思います。

その後、僕は全員の前で、今まで言わなかった、心の中にあったことを話すことができたのも、手紙のセミナーのおかげです。

それからは、誰に対しても、どんなときでも、気負うことなく、自然体でいることができるようになり、思ったことも素直に言えるようになった気がします。

周りからは、何か吹っ切れたような清々しさを感じると言ってもらえるようになりました。

研修をお引き受けいただき感謝しています」

清水社長は、任せて温かく見守ることのできる経営者です。

亡き息子へ・母からの手紙

手紙のセミナーに来られたお母さんが、亡き息子Mさんへの手紙を書かれました。

その手紙を、涙ながらに読んでくださいました。参加者の皆が共感し、涙、涙でした。会場に優しさが満ちていました。


Mちゃん元気ですか。

どうしていますか。母さんが見えますか。

母さんは、Mちゃんに会いたくてしかたがありません。

いつでも、どこでもいいです。会いにきてください。

母さんはすぐに分かります。

Mちゃんと最後に話をして、母さんはそのまま仕事に行ってしまって……。
行かなければ助けてあげられたかもと、後悔しています。
いつも、いつも母さんの話を聞いてくれて、
たくさんの悩みを乗り越えて、
自分のように苦しんでいる人を助ける仕事をするのだと、
勉強に励んでいましたね。
母さんの自慢の子どもです。宝物です。
もっともっとMちゃんと話したかった。
23年間一緒に過ごせたことは、母さんの一生の宝物です。
ありがとう、ありがとう。

でもね、やっぱり寂しいです。人に会うのが辛いです。
Mちゃんの可愛がっていた柴犬Kちゃんは、
父さんと母さんが大切に育てています。
時々Kちゃんは，Mちゃんの使っていた座布団に丸くなって寝ています。
KちゃんもMちゃんを探しているように思います。

どうかKちゃんのことも見守ってやってください。

父さんも、母さんもいつもKちゃんと一緒です。

こわい父さんも少し優しくなってきましたよ。Mちゃんが留学したかったアメリカへつい最近、
父さんは母さんを連れて行ってくれました。

もちろんMちゃんと一緒です。

パスポートの中に、かっこいい優しいMちゃんの写真を入れて観光してきました。

Mちゃんに、こんなに広い大学で学ばせてあげたかったです。

Mちゃんに、もっともっと楽しいことをしてあげたかった。

Mちゃんが母さんに書いてくれた手紙は、大切に大切にしますね。


「母さんありがとう。たくさん話を聞いてくれてありがとう。

いつも味方でいてくれてありがとう。

今度は僕がたくさん聞いてあげるから待っていてください。

そして母さんの「夢をあきらめないで、僕が一人前になるまで待っていてね」

と書いてくれていましたね。

母さんは、どうなるのか、どうしたらいいのか、
迷い迷いながら生きています。
Mちゃん、母さんを見ていてくださいね。
少しずつ母さんも、明るく生きていきますね。
いつもいっしょだよね。
これからも宜しくね。

かあさんより

先日、彼女から手紙をいただきました。亡き息子さんの声が聞こえ、姿が見えた！
私に会いにきてくれた！と喜んでいました。
深い深い母の愛。きっと亡き息子さんに届いているのですね。

「母からの手紙」は反響が多くお礼の手紙がたくさん届きます。その中から短い手紙ですが、喜びの情景が浮かんできます。

セミナー参加者からの手紙

村山順子先生

前略　先日の「心を届ける手紙のセミナー」ではお世話になりました。

手紙の持つ効果、特に手書きでなければできない人間関係修復や、親近感を高める効果など学ばせていただきました。

私も母親宛てに初めて簡単な手紙を書いたのですが、一緒に参加していた妹から聞いた話です。88歳になる母が大変喜んで、少女のような声ではずんでいたそうです。

妹も自分の次女に書いた手紙で、誤解が解けたそうで、すごい手紙の効果です。ありがとうございました。

私はお米も栽培しておりまして今年収穫しましたお米ですが少しばかり送らせていただきます。よろしかったらお召し上がりください。

（M・N）

8月3日の手紙のセミナーで村山順子先生にお会いできることを心待ちにしていました。私は今、がんの治療中ですが、この先不安でした。子どもたちにはこれから先のこと、手紙も長男二男と書いておりますのに、どうしても主人には手紙や心の中を言えずに悶々としておりました。ずっとその気持ちを心に引きずっていたときに、何気なくつけたテレビに先生の明るい声とお顔が映り私は用事をしていた手が止まり、先生のお話をじっと引き込まれるように見ておりました。

そしてそのとき私はぜひセミナーに参加したいと思いました。

願い叶って嬉しかったです、主人が後で後悔したり辛い思いをするのではなく障害を持つ二男とともに頑張って生きてほしいと。

ですから遺言状ではなく最後のラブレターにと思いました。

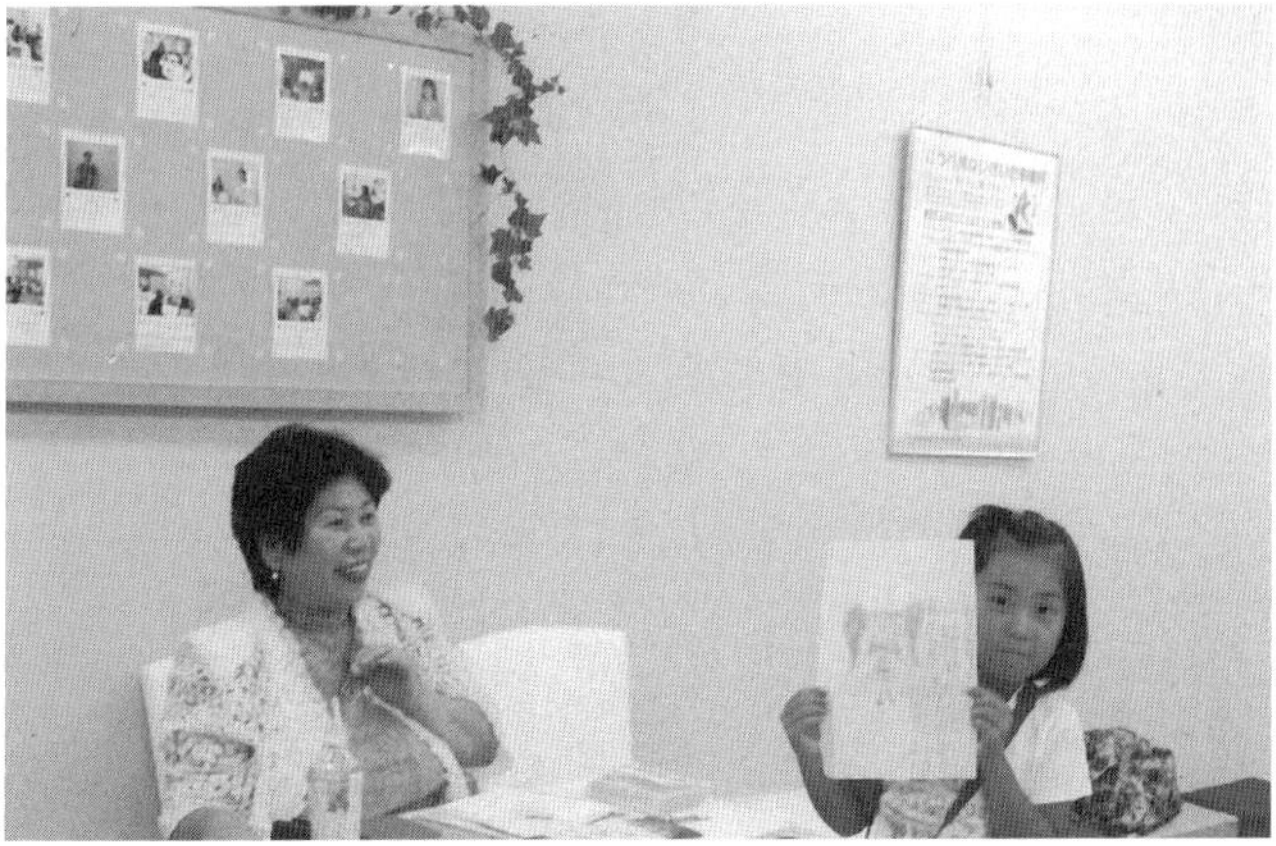

子供の手紙セミナーで発表する受講者

まだ主人には出していません。もう少し、私も頑張ってみようと。
まだもう少し先に出そうと思っています。
だって最後のラブレターですもの。

村山先生とまたきっとお会いできることを心から願って楽しみにしております。
これからまた治療が始まりますが、先生のお顔を忘れずに頑張ります。

M・T

9章　手紙を書いてみましょう

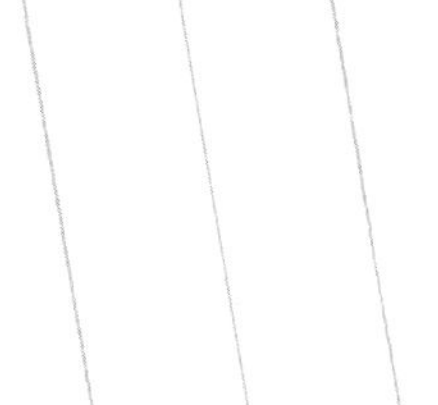

セミナーの流れ

今までは「手紙の大切さ、素晴らしさ」を私の体験を通して書いてきましたがここでは、実際に書くことをまとめてみました。

手紙のセミナーに参加される方から、「何を持っていけばいいですか？」と質問されることがあります。そのときは、「素直な心だけお持ちください！」とお願いしています。

セミナーの流れを簡単に書いてみますね。なぜ手紙のセミナーを始めるようになったのかは前で述べました。夫の手紙の話です。心からの手紙が、思いがけない出会いを作り、人生を拓いてくれたということをお伝えした後、実際に書いていただきます。

①目を閉じてください。これから大切な人に手紙を書いていただきます。どなたに書かれますか？　ご両親ですか、奥様、ご主人様、子どもさんですか。兄弟、友人、上司、前の会社の社長、もう亡くなっていらっしゃる方ですか。今、心に浮かんでいる方のことを、ジッと、ジッと、その方のことだけ思ってください。その人にしてもらって嬉しかったこと。言えなかったありがとうや、ごめんなさいはないですか。その方のことを思い浮かべてくださいね。

②書く方が決まったら目を開けて封筒の表の中央に相手のお名前をしっかり書いてください。宛名を書くと手紙は、ほぼ書けたのと同じです。（脳がその人のことに集中する）

③相手を思い浮かべながら、話しかけるように書きましょう。
（仕事上の手紙や、目上の方への手紙は、拝啓・敬具などの形式を整えることも大切ですが、心を届ける手紙の場合は、相手に話しかけるように書くことをお勧めしています）

④字の上手、下手ではなく、丁寧に書く。
文章の長い短いではなく、自筆が大切。お気に入りの筆記具で書く。

手書きの手紙は優しい心の贈り物。贈り物に返事は期待しません。

手紙の最後は、相手へのプレゼントの言葉で書き終えましょう。

（お元気で！　いいことがありますように！　大好きな○○○へ！　また会いたいね等々）

⑤いつも身近に手紙セットを用意しましょう！
書いた手紙やハガキは即ポストに投函。便箋、封筒、ハガキ、一筆箋、切手、ノリ、少し高価なお気に入りの万年筆、ボールペン、筆ペンを袋に入れて持ち歩く。

私はいつでもすぐ書けるように、A4サイズの袋に手紙セットを2つ用意しています。

一つは外出用、一つは自宅用です。

人と待ち合わせをするとき、相手が5分遅れるとします。5分あればハガキ1枚書けます。

手紙セットをいつも持ち合わせていれば、隙間の時間も有効に活かせます。
⑥私が旅先で買い求めるものは、ご当地切手、絵葉書。
切手、封筒、便箋なども、季節の絵柄や、相手が喜んでくれそうなものを。種類も豊富ですので、相手のことを思い浮かべながら選ぶのも楽しい時間です。
⑦ハガキと手紙（封書）の違い
ハガキ…手軽に書ける。他人の目に触れることもあるので、簡単なことを書く。

手紙…ハガキに比べ手間暇がかかる。封筒、便箋、切手など、相手の好み、季節感などを考える時間も、相手への贈り物となる。

その人しか開封できないので個人的なことも詳しく書ける。特に手紙は「優しい心の贈り物」だと思います。贈り物にお返しは求めませんので相手の負担になるようなこと（お返事お待ちしています等）は書かないほうが良いかと私は思います。特別に返事の必要なときは別として。相手の方の気持ちの負担にならない配慮も、優しさです。

⑧メールとハガキ、手紙の使い分け

・急ぎの知らせや、返事のいる用事は、電話やメール。

・気持ちを伝えたいときは、手書きのハガキや手紙。

手紙の基本

●封筒・便箋

★改まった手紙を書く場合、便箋の色は基本的には白を使用し、カラーや模様の入った便箋は親しい相手に宛てる場合に使用します。

★一般的な手紙には、2枚以上の便箋で出すのがマナーとされています。文面が1枚で終わる場合には、白紙を1枚つけるといいでしょう。決まり事はいろいろあります。例えば2枚目に1行だけ書くというのは失礼にあたるとか、親しい方には、難しく考えないで嬉しい気持ちで書くこと。
★お悔やみの手紙の場合は、「続く」「重なる」ことを表してしまうので便箋は1枚で送ります。その時は封筒も二重封筒は避けます。
★縦書きと横書き…一般の手紙は縦書きが基本です。お礼状や目上に方に出す場合は縦罫が良い。横書きは親しい間柄の方に。ビジネスの場合は横書きが多い。

●字配り

★行頭に置いてはいけない文字。
文末の「です」「ます」、句読点「、」「。」、
助詞「が」「は」「の」「を」「へ」など。
特殊な語「につき」「ども」など。
自分に関する言葉「私」「小生」「長男」「嫁」など、どうしても行頭に書かなければならない場合は、右寄りに小さく書く。

★2行になってはいけない文字
熟語、地名、人命、成句。
★行末になってはいけない文字
相手を尊敬して使う文字。「御」「貴」「尊」「拝」「奉」など。
これらの文字が行末に来る場合は、字間を調節して行頭に書くようにする。
★筆記用具
インクの色は普通黒かブルーブラック。
カラフルな色の筆記具は、一般の手紙では避ける。
一番良いのは万年筆、筆ペン、ペン、ボールペン。
鉛筆やシャープペンシルで書くのは禁物。
★封筒は白の二重封筒が無難。
茶封筒は主に事務用。白の縦長封筒はどんな場合にも使える。
冠婚葬祭や、招待状の発送などには角封筒。角封筒の切手は右上に貼る。
簡単な、ある種の決まり事を書きましたが、あまりこだわらず、そんなことがあるのだと、思って貰えたら良いのでは、と思います。私はインクはブルーが好きでほとんどはブルーで書いています。

諸説いろいろありますので、詳しく学びたい方はお調べくださいね。

相手の時間を邪魔しない手紙やハガキ

最近は、パソコンでの年賀状や、暑中見舞いが多くなっています。表も裏もすべて印刷。確かに見た目は整い美しいのですが、心は惹かれずそのままスルーしてしまいがちです。

そんな中で、年賀状に一言でも手書きで書いてあると、目を留めてしまいます。手書きは、懐かしさや、優しさが伝わります。

『運の良くなる生き方』（東洋経済新報社）の著者、弁護士の西中務先生は、年間2万枚のハガキを書かれるそうです。喪中ハガキも、年間300枚ほどいただくそうですが、必ず、お悔やみの手紙やハガキをお出ししているそうです。ご遺族からお礼の電話や手紙をいただくことも珍しくないとのことです。また、叙勲が新聞などで発表されると、西中先生は知人はいないかと調べ、祝いの手紙やハガキを送られています。

病気で入院されている方には、お見舞いの手紙や、ハガキをお出しするとお聞きしたことがあります。先生ご自身も以前入院されたとき、お見舞いの方が続き、ゆっくり休めなかったのでそのようにしているとのお話でした。

私も西中先生の真似をして、病気療養中の妹にきれいな、見ただけで嬉しくなり、眺めていたいような絵葉書をたくさん用意し、字は少なく書いて毎日届けました。

妹はとても喜んでいました。手紙やハガキの利点は、相手の時間を邪魔しない、いつでも読み返せます。また書き足りなければ、書き加えることも、書き直すこともできます。以前、お出会いした、神戸中央郵便局局長は、「手紙やハガキは、アポイントを取らずにお客様の懐深く飛び込んでいける素晴らしいツール」だと話されていました。

近頃巷では「働き方改革」という言葉が毎日どこかでいわれています。「残業するな、効率上げろ、便利の追求」という仕事の進め方が効率化していく世の中に、考える能力がうすれるのではないかと不安になります。また、真逆の「不便益」という言葉も叫ばれています。便利すぎることに不安を感じる人たちもいることに、なぜかホッとしています。

私のお勧めしている「手書きの手紙」を書きましょう。という呼びかけは、まさに不便益そのものです。手間をかけることで得られる益、悪いことではなく逆に大切なことを気づかせてくれます。

毎日の生活に「不便益」という「ものさし」を取り入れてみると、新しいビジネスが生まれるかもしれません。

手書きの手紙やハガキ、メッセージカードを、もっと日々の暮らしに、仕事に、温かい人間関係作りに、役立ててみませんか！

10章

職恩

前社長との関係修復

一通の心からの手紙が、12年余り疎遠になっていた元社長との関係をつなぎ直してくれました。２０１１年12月27日、この日を私は忘れることはできません。

経営者のモーニングセミナーの講師、林輝一先生がホワイトボードに大きく「職《しょく》恩《おん》」と書かれました。

開口一番、こんな話をしてくれました。

「あなたが、今、この仕事ができるのは、誰のおかげですか？　その人にどうやってお礼していますか？　それは1回だけですか！　毎月お礼を言っていますか？」

その言葉は、私の心の奥深くに封印していた部分に突き刺さり電流が走りました。

「どうしよう！　どうしよう！」と、ドキドキしながら先生の話を聞いていました。

実は、突然の夫との別れから「後ではないよ！　気づいたら即、行動しよう」が私の生き方の芯になっていました。講演でも多くの方にそのようにお伝えしていました。

ところが、私には、一つだけどうしても行動できてないことがありました。封印していたことがありました。そのことを思い出したのです。

それは起業する前の会社の社長との間柄です。「職恩」の話は、私に起業する前の記憶をよみがえらせてくれました。

1999年7月21日52歳直前、一人自宅の一室で掃除の仕事を始めました。そして自分なりに、立ち上げたときの決め事を守って仕事をしてきました。起業してほどなく、前の会社の社長も経営者としてのご苦労もあり、私の分からないこともあったのでは……。会社が大きくなり、スタッフが多くなればなるほど経営は難しくなり、「心ならずも」があったのではと思いを馳せられるようになりました。そして、任せて育ててくださった社長に心からの感謝と、ご心労をおかけしたことのお詫びを申しあげたいと思っていました。

車で15分くらいのところに前の会社があります。あるとき、ホームセンターで社長をお見かけすることがありました。私はお話したくて近づこうとするのですが、私を見ると社長は「村山さん」と、呼びました。社長の「村山さん」は距離感のある呼び方です。家族ぐるみのつきあいだったので、以前は、亡き夫と同じように私のことを「順さん」と呼んでくれてました。心からのお詫びや、感謝の言葉を言うことができず、簡単な挨拶程度の話しかできませんでした。

そんなことが3回くらいありました。

私の心は萎えてしまい、このことだけは心の奥底に封印していました。ですから「職恩」の話を聞いたとき、すぐに社長にお会いしなければと思いました。

12月27日、年末。

掃除の会社ですので忙しいのはわかっていましたが、どうしてもお会いしたくて電話を入れました。「今日、どうしても社長にお会いしたいのです。少しお時間をいただけませんでしょうか？」とお願いしました。すると社長は「今は年末、忙しいからまた電話するから」と言って電話が切れました。このままではいられない！

どうしたらいいのか。

「そうだ手紙だ！」と、社長に話しかけるように書きました。


「社長、おはようございます！

先ほどは電話で失礼いたしました。今朝、経営者の勉強会で『職恩』という話を聞きました。『あなたがこの仕事ができるのは誰のおかげですか？ その人にどうやってお礼をしていますか？ それは1回だけですか？ 毎月お礼を言っていますか？』と重ねて問われ、私は社長への感謝と、申しわけなさでいっぱいになりました。誰でも起業できると思っていましたが、そうではありませんでした。社長がすべてを私に任せてくれ、育ててくれたから起業できたこと！ 起業してしばらく経つと、社長の懐の深さ、広さに気づきました。

ですが、心からのお礼とお詫びが言えませんでした。ぜひ社長にお会いしたいのです。少しお時間をいただけませんでしょうか」。と手紙を書いてすぐにポストに投函しようと思いましたが、投函しかけた手を引っ込めました。郵便だといくら市内でも手紙が届くのは翌日。一刻も早くこの思いを届けたい！　会社を知っているのだから会社のポストに入れさせていただこうと思いました。

前の会社は、私の事務所からは道路をUターンしないと行けない場所にあります。ホームセンターの前を通って行きますので、先にホームセンターに寄ってから手紙をお届けしようと思いました。

入口の自動ドアを、私は入る人、出る人は社長の娘さんでした。こんなことがあるのですね。13年ぶりに社長の娘さんに出会いました。思わず「○○ちゃん、この手紙をお母さんに渡してくれない！」と手渡しすることができました。

何という偶然！　いえ、必然かな？　嬉しくてなりませんでした。

1月4日、社長から電話がありました。

その第一声！

「順さん、今から行ってもいいかな？」

私は、12年ぶりの「順さん」の呼びかけに、次第に胸がいっぱいになりました。「村山さん」から、元の呼び方「順さん」に変わっていました。

「私が伺います」と答えると、「もう近くまで来ているから」と、事務所においでくださいました。2人で4時間、積もる話をし、ぎこちなさもとれ、すっかり元の関係に戻っていました。嬉しかったです！　社長の寛大さに感謝しました。

生涯、社長への思いを心の奥底に封印したままなのかと思っていたことが、「心からの手紙」という方法で、もつれていた人間関係をつなぎ直すことができました。

手紙の素晴らしさは、相手にしていただいたことを静かに思い出し、書くことができるということです。いったん口から出た言葉は消すことができません。手紙は、間違ったら書き直しができます。していただいてて嬉しかったこと、感謝していること、言えなかったごめんなさい！　など、自分の心と向かいあい静かに書くことができます。

書いていて涙があふれることもよくあります。心が浄化されたという人もいます。

また、手紙は相手の時間を邪魔しません。

この「職恩」の話を聞いてすぐに行動したお陰で、今は心晴れやかに生きています。

「あとで」と思って社長に手紙を書いていなければ、心にやましさが残り、今の私はありません。

余談になりますが、講演先でこの「職恩」の話は必ずお伝えしています。すると、多くの方が思い当たることがあるようです。実際に手紙を書くセミナーの場合は、今の仕事ができるのは、「両親」「妻」「夫」「兄弟」「前職の社長」「上司」「部下」「友人」のお陰と気づかれ、涙を拭きながら手紙を書かれる方も多いです。

あるとき、講演会で私の話を聞かれた建築関係の経営者が、懇親会の席で私のそばに来られ、こんなことを泣きながら話されました。

「どうしよう！　後ろ足で砂をかけるように前の会社を辞めてきてしまった！　もう親父さんも死んでしもうた！　間に合わん！」と。

私は、「今からでもお墓参りに行かせてもらったり、仏前にお参りや、手紙を書いてお送りすることも良いかと思いますよ。」……

「それで良いかな！　すぐにやるわなぁ」と言われていました。今からでもできることがあるということに救われた様子でした。

「素直な心で書く手紙！」は相手の心に届きます。誰でも相手を思う心さえあれば書ける手紙。ただ書くか書かないかの違いで、人間関係や、生き方が大きく違ってきます。

あなたも、何か思い当たることはないですか？

思い当たる方はいないですか？

もしいるのでしたら、素直な気持ちを手紙に書いてみませんか。今、こうして書きながらも当時のことを思い出し胸がいっぱいになります。

この実体験が、「手紙を書く」ということを一人でも多くの方にお伝えしたい！という気持ちをさらに深く、強くしてくれました。

★手紙が、もつれた人間関係をつなぎ直してくれた。
★心からの手紙は必ず相手の心に届く。
★間に合わない！ではなく、今できることを真心込めてさせてもらう。
★恩に感謝する。

大学の客員教授に

私は、4年前から兵庫県立大学大学院の客員教授をさせていただいています。主に産学連携の講座で、経営者向けの講座を年に数回、また関西学院大学大学院のＭＢＡ

課程でも講義をさせていただいています。テーマは企業倫理。その中で「職恩」、誰のお陰で今の仕事ができているのか。私の話を聞いていただいた後、実際にその「職恩」の方に宛てて、手紙を書いていただきます。そして希望者に、その手紙を読んでもらっています。

特別な資格があるわけでない私が、なぜ？　それは、関西学院大学教授（兵庫県立大学名誉教授）でいらっしゃる佐竹隆幸先生との出会いのお陰です。以前は、「起業の思いや、ぶれない生き方をそのまま話して」との依頼が主でしたが、ここ2年余りは実際に皆さんに手紙を書いていただくスタイルの、依頼が多くなりました。

佐竹先生には、10数年前からお世話になっていますので、私の話の足りないところ、また話を飛ばすところもよくご存じで、皆さんに分かるように補足してくださいます

そして、先生と講演をご一緒させていただくようになった出会いのころを、講演のたびに思い出します。

それは13～14年前にさかのぼります。

神戸商工会議所主催の佐竹先生の勉強会に、当時専務だった長男が参加していました。あるとき企業訪問ということで先生は、弊社の事務所に10数名の男性経営者とともにお訪ねくださいました。狭い事務所に大勢の方をお迎えしたのは初めてのことで

した。椅子も足りなくて、急ぎホームセンターに丸椅子を買いに走ったことを覚えています。

先生は、「村山さん、創業からの思いを話してください」と言われました。何の用意もしていませんでしたが、自分のしてきたことなので、そのまま話しました。

翌日、先生から「村山さん、僕と一緒に商工会や、経営塾、後継者塾に講演に行きましょう」とお声をかけていただき驚きました。「小さな会社の私が一緒に行くと、佐竹先生に恥をかかせてしまう。先生は大きな会社の経営者をたくさんご存じだから」と、電話でお断りするのは先生に失礼かと思い、研究室へ伺おうと思い、その電話で、アポイントをいただきました。県立大学の研究室をお訪ねし、思っていたことを申し上げました。

佐竹先生は即答で、「村山さんのぶれない生き方考え方を、そのまま話してほしい」と言ってくださり感激しました。

「私でいいのですか？　先生ありがとうございます」とお答えしました。

そして、何がぶれてないのかに、はっきり気づかせていただいたのも佐竹先生でした。

（ぶれてない生き方）

★学生時代、仕送りをしてくれる親に喜んでもらうため、私にできることは勉強。

★教師時代、子どもたちのために新卒の未熟な私にできることは何？　子どもたちは先生を選べない。だったら私が、子どもたちにとって良い先生になるしかない。

★結婚してからは夫に対しては良い妻に、子どもたちにとっては良い母になりたいと、自分なりに精一杯の努力をしてきたこと。

えて子育ての勉強をしてきたこと。

★パートで勤めてからは、社長に喜んでもらうために私にできることは何かを考え、行動。飛び込み営業で会社を大きくしてきたこと。

★起業してからは、スタッフに、お客様に喜んでいただくために、私にできることは何かを考えてきたこと。

思いがけず親孝行が

対象は違っても◯◯に喜んでいただくため、〝私にできることは何か〟を、考えて行動することが、ぶれていない生き方となっていたのでした。自分では〝何がぶれていないのか〃が、はっきりとは分かっていませんでした。私の話を一度聞かれただけで、佐竹先生はそのことを見抜いてくださり、私も自分なりの生き方で、これからもまっすぐに歩んでいこうと、はっきり自覚できました。そして今につながっています。先生との出会いがなければ、今、こうして大学で、また経営者の方々にお話することはなかったと思います。佐竹先生も、私にとって「職恩」の方です。

心がけていることは、させていただいたことへの感謝のお手紙や報告をさせていただいています。いただくばかりで、まだまだ足りません。

この頃、故郷、鹿児島県の沖永良部島のケアハウスにいる寝たきりの母は身体は不自由ですが、頭ははっきりしています。初めて兵庫県立大学大学院客員教授を拝命したときは、佐竹先生に「名刺を作って良いですか？」とお尋ねし作りました。その名刺一枚を母に見せたくて、母のもとに行きました。母は、物質的には何一つ不自由していなくて欲しいものはなく、ただ子どもたちが元気で、誰かのお役に立つことをしている、それが母にとって嬉しいことです。

そのことをよく知っていますので、一枚の名刺をお土産に帰りました。母は、その名刺を見て満面の笑顔で「順子、良かったね。頑張ってね」と、喜んでくれました。佐竹先生のお陰で、思いがけず親孝行ができました。

２０１６年7月、佐竹先生の、関西学院大学教授就任、兵庫県立大学名誉教授就任の祝賀会に３００名近くの方々が駆けつけました。会の終わりの方で、奥さまが佐竹先生へのお手紙をサプライズで読まれました。

手紙の始まりは、「○○してくれてありがとう！　○○してくれてありがとう！」。

この始まりの言葉は、その1年前、佐竹先生に依頼され、経営者の方々に対して行った手紙のセミナーで、先生が奥さまに宛てて書かれたお手紙にありました。

奥様のお手紙は、そのときに書かれた先生のお手紙に、呼応するものでした。そのときのセミナーでは最後に先生が奥様に宛てて書かれたお手紙を読んでくださり、参加者が胸打たれたので、その祝賀会の会場におられたそのときのセミナー参加者はすぐに気がつき、感動もひとしおでした。

奥さまから先生への感謝の思いのあふれたお手紙に、佐竹先生も目を真っ赤にし、３００名近い参加者（井戸兵庫県知事も参加されていました）が皆、水を打ったようにしずまり、終わると感動の拍手が続きました。

「手紙」の素晴らしさに酔いしれました。佐竹先生、久美子さん、ありがとうございました。

あとがき

今、時計は午前4時を指しています。物音一つしない静寂の中、キーボードの音だけが響いています。微笑んでいる夫の写真を前にして「力を貸してください」……と。仏壇の前で何度もお願いし、お墓参りにも行ったことでしょう。亡き夫との約束で書いた。初エッセー『60歳の約束』を発表してから10年の歳月が流れました。「日本全国で手紙の素晴らしさをお伝えしたい！」という思いを発信しながら13年余り続けていますと、多くの応援をいただけるようになりました。

手紙の良さを感じられた、企業、倫理法人会、大学、公的機関、商工会議所、ライオンズクラブ、ロータリークラブ、青年会議所等々で講演にお招きいただき、多くのメディアにも取り上げていただくようになりました。ありがたいことです。

今はデジタル社会です。メールやSMS（ショートメッセージ）は便利で、すぐに返事の欲しいときは、特に素晴らしいツールです。電話も生の声が聞こえ良いですね。私もよく使います。一方、手紙が素敵なのは、自分の好きな時間に読め、そしてどこででも読み返せることです。自筆の文字からは、その人の優しさや情景も伝わってきます。伝えたいことは同じでも、メールと手書きの手紙では届き方が違いますね。また、言葉だと、つい余計なことを言ってしまい、仲直りするつもりがまた喧嘩になってしまったり。口から出てしまった言葉は、取り返しがつきません。

家族の記念日、誕生日、入学、卒業、就職、結婚のときに手紙を送る習慣があると、自然に親から子へと手紙の良さが伝わっていきます。

また会社にあっては、記念日に自宅に届く、社長や上司からの手紙はどれほど嬉しいことでしょう！


手紙の素晴らしさを、多くの方々に知っていただきたい！

手紙を書いていただきたい！

そんな気持ちで、実は3年前から本を出版する準備をしていましたが、書き始めては、無理かも！　と、ペンを置いていました。即、行動の私ですが、なかなか出版社を訪ねる勇気が出ませんでした。

今回の出版にあたって、大きく背中を押してくれたのは、会社を引き継いでくれた長男です。最終的に出版社に行く決心をさせてくださったのは、大阪のエートス法律事務所の弁護士、西中務先生です。

西中先生との出会いは尼崎の倫理法人会でした。西中先生は、弁護士になられて47

年、行動派の熱くて元気な、正義感の強い先生です。

以前、私の話を聞かれた西中先生は、私の『60歳の約束』をネットで探し、20枚もの手書きの読後感をお送りくださいました。驚き感激しました。

心優しい先生が「村山さん、次の本はまだですか？」と、私を見るたびに尋ねてくださいます。昨年4月、西中先生にお会いし、思い切って出版の相談をしました。「村山さん、東京のぱるす出版の春日社長にお会いしてきなさい」と背中を押していただきました。春日社長とは、今は亡き石川洋先生（市井の托鉢者）の講演会でお会いし、面識はありました。それゆえに、自分から飛び込んでいく勇気がありませんでした。先生に背中を押され、勇気を出して、東京に春日社長を訪ねました。私の話を静かに聞いてくだり、出版の運びとなりました。夢のようでした。

ところが、昨年7月、初稿をお届けしたのですが、どうも違う気がするからとお願いし、待っていただき書き直し、また前の原稿の方が良いかもと迷い、随分ご迷惑をおかけしましたが、お陰さまで出版に漕ぎ着けることができました。

西中先生、春日社長との出会いがなければ、今回の本の出版はありませんでした。心からの感謝を捧げます。そして「村山さん、本を楽しみにしているよ！」と言って励ましてくださる方々。多くの支えてくださる方々に感謝の思いでいっぱいです。

亡き夫に尋ねます。

「勝保さん、今、私は活き活きしていますか、

あなたが見せびらかして歩きたい！　と言ってくれた人になれていますか。

いつかあなたのそばに行った時に、『順さん、よく頑張ったね』って褒めてもらえるように頑張るね。見ててね！」夫の写真の笑顔が、さらに笑って見えます。

お読みくださった皆様、ありがとうございました。

平成30年2月吉日

村山順子

★本の最終校正のときに、文中で何度も登場されます西中務弁護士が2月1日、急逝されました。全文を直すことができませんでしたので、このまま出版させて頂くことにしました。

西中先生に一番にお届けしたかったのに、間に合わなくて、申しわけございませんでした。

先生のご冥福を心よりお祈り申し上げます。

著者紹介

経歴

１９４７年　鹿児島県沖永良部島で5人姉妹弟の長女として生まれる
１９６６年　武庫川女子短期大学卒。尼崎市小学校勤務
１９７１年　結婚のため退職、3男1女を授かる
１９９０年　友人の清掃会社立ち上げに参画・パートとして働く
１９９６年　出張先で夫、心筋梗塞で急逝(52歳)
１９９９年　自宅の一室で家事代行サービスの会社を起業。
２０００年　(有)プロシード設立（屋号ひまわりサービス）
２００４年　事務所で近所のお母さん達と手紙を書き始める。「心を届ける手紙のセミナー」
２００７年　『60歳の約束』出版
２００９年　会社を長男に譲り「神戸暮らしの学校」を設立。
２０１３年　「手紙の講座」開催を宣言。現在43都道府県で講座開催。

職歴

心を届ける手紙のセミナー主宰
一般社団法人「神戸暮らしの学校」代表理事
兵庫県立大学大学院経営研究科客員教授、
(有)プロシード会長

連絡先

心を届ける手紙のセミナーHP　https://kokoronotegami.com/
お問い合わせ先：神戸暮らしの学校
神戸市中央区坂口通6－1－17
電話：078－222－2818　FAX：078－222－2815
ホームページ：https://kurashinogakkou.or.jp
E-mail: info@kurashinogakkou.or.jp

人生を変えた10行の手紙

平成30年4月10日　初版第1刷

著　者　　村山順子
発行者　　春日　榮
発行所　　ぱるす出版 株式会社
〒113-0033　東京都文京区本郷2-25-14第一ライトビル508
電話 (03)5577-6201(代表)　FAX (03)5577-6202
http://www.pulse-p.co.jp
E-mail info@pulse-p.co.jp
カバーデザイン　渋谷政光

印刷・製本　ラン印刷社

ISBN 978-4-8276-0243-2